煮石集

ZHU SHI JI

胡憬新 著

作家出版社

胡憬新，男，1977年生，甘肃省临潭县人，中华诗词学会会员，甘肃省诗词学会会员，洮州诗词楹联学会副会长。

目录

词　曲

【词】

【散曲小令】

格律诗

【七律】

【七绝】

【五律】

【五绝】

联　赋

序

近几年来，临潭县洮州诗词楹联学会诸同好以诗会友，切磋琢磨，各抒怀抱，蔚然成风，斐然成章。数年之间，发于诗会公众号及其他媒体之篇什，累累可观，以至于可结集成册、付诸刊印者，不止一二人。其中佼佼者，吾友胡憬新君是也。与憬新相识有年，知其诗名虽鹊起于今，而其学乃早涵养于昔。人浑浑于无聊闲游之时，憬新常一书在手，心无旁骛，如是者有年。其初为博客，出入文史，倚马千言，文富情韵，理寓褒贬，网上不乏海内方家赞誉。虽然，身边人除二三至交外，竟多不知之者。今诗会诸友皆叹其才高学富，诗词曲联赋诸体，信手挥洒，各具气象，令人钦慕。或写景抒情，或感时抚事，或吊古寄怀，俱见情采。一至于江山之永，花草之新，故园风貌，世态人情，融于胸，付诸笔，短章长调，有反复咏叹不尽之致。管窥如：

缕缕春风煦暖，丝丝杨柳轻柔。小桥浅浅映溪流，镜落天光云岫。

一树山桃灼灼，几声雏鸟啾啾。门前花径正清幽，叩问主人在否？

——《西江月·小镇春韵四阕之小镇农家》

此景此情，主人若在，能与客人对酌不？

秋景堪夸，满目是黄花，光灿云霞。流水绕人家，轻烟笼远沙，疏钟起暮鸦。停晚枷，再把桑麻话。家，梦里也常如画。

——《双调·碧玉箫》

乡关故园之情，宛然而蕴藉。

云淡风轻，天澄似海，浅草如烟。见参差几树，乔松微墨；零星数点，金露初妍。万壑晴岚，百洄岷叠，阅尽千山一水还。漫凝伫，指新庐旧舍，聊趁余闲。

生民应自何年？正老柳、依门半吐棉。对悠悠过客，秦屯汉徙；离离黍麦，隋陌唐田。佞相坟荒，忠臣庙久，一梦留今作戏看。恰时日，照人歌盛世，里巷喧喧。

——《沁园春·春过黑松岭》

“佞相坟荒，忠臣庙久”，景语耶？情语耶？

三千万里阅天游，弹指人间一岁稠。
大道不拘蝼蚁事，苍生须为稻粱谋。
管中学问难知理，杞市肝肠自作囚。
放眼衣冠皆碌碌，胸怀哪得后先忧？

——《冬至感怀》

做槐安美梦者，割大众韭菜者，自处象牙塔中、不食人间烟火者等辈，宁有此语？

至如：

浮生何处可称家？三径重开就菊花。(《秋风七韵》)

为借清风开冷眼，要看世路九回肠。(《雨中登西凤

二首》）

江生细浪浮青廓，雨罢春萝起绿烟。（《山中》）

世路难成鸿鹄志，俸钱堪慰稻粱谋。（《除夕口占》）

笑迎故国千山雪，催发冲寒第一梅。（《红叶》）

隽言金句，真情流露，集中不胜枚举。

自作如此，而对会中众友，更不吝于金针度人。对诗友所询，但得稍闲，总不惮烦难，详言细指，唯恐听者不明。对于个别打酱油者，却颇不耐辞色。至于诗会杂务，更是多有所赖。

诗集之序，当以言诗为主。今则拉杂如上，未有灼见，语焉不详，诚惶恐难安。窃思集传于世，人皆可奉之睫前，妍媸美丑，自能辨而赏之，何庸我赘言。古人云：读其诗，不知其人，可乎？故遂又将憬新为人处世，吾平素所知者，略志于此，或不为多余。

诗将付梓，匆匆记之如上，权且为序。

张俊立

2022.5谨识

词曲

【词】

惜黄花慢·夏夜

泻玉流光，映数枝淡影，顾盼冰窗。晚花簌落，夏虫嘁响。百回梦醒，九转情伤。浸溶一线窥帘幕，暗风趁、丝缕幽香。恨夜长，雪梨挂月，青竹凝霜。

曾邀共引樽觞，对素娥曼妙，拼醉疏狂。薄情时日，屡迁岁序。消残雾鬓，催老梅妆。长安故友知如我，料应是、怯酒愁肠。问客乡，座中可有刘郎？

满江红·春风折柳

恰是春分，春何处？且看春柳。流渚畔，水清风软，万条依旧。几处飞声穿客舍，谁家碧玉舒风袖？悄无人，忽燕语呢喃，堆烟后。

怨别曲，轻吹久。衔恨雨，青衫透。正江河新绿，故人知否？怜此去山长水远，念他乡月寒风骤。长亭外，携一缕离愁，频回首。

西江月·谷雨

香草微风堤岸，玉梨深巷人家。榆梅几树自横斜，粉杏一枝底亚。

袅袅烟萦细柳，粼粼浪拍平沙。春波应是到天涯，谁指长安日下？

摊破浣溪沙·库区废村

止水微澜漫浸沙，天光云影夕阳斜。两脉青峰飞峙出，锁烟霞。

废院徘徊双燕子，荒篱疏落野桃花。老树虽枯犹挺拔，暮栖鸦。

浣溪沙·小寒晨山行

几簇峰头沐旭晖，绛红一抹正熹微。半天青白半天绯。

难借浮云翔玉宇，总由尘事锁心扉！停车且羡彩霞飞。

沁园春·秋夜

饮散歌阑，秋深夜冷，霜落长汀。正萧杨疏柳，飘飘叶坠；激流喧水，汩汩波鸣。远火荧荧，长星黯黯，寒彻轻衫孤月明。漫凝伫，任拂衣枝闹，吹面风清。

江山空自多情，总留我，年年客此城。对陇云四簇，塞鸿唳怨；关山千叠，征雁魂惊。羌笛悠悠，凤箫脉脉，听断金风尽别声！况此际，恰低回影只，照岸灯青。

贺新郎·白玉兰

正燕莺啼切。暮烟中、夭桃影里，一枝清绝。凝澹风姿尤超卓，簇簇织云雕雪。送缕缕、寒香侵彻。已尽得幽兰玉魄，况可堪、绿竹同高节。看艳李，乞谁悦？

仙人去后终长别。便谢了、流红坠翠，软绦柔叶。千尺青锋铮铮骨，坦对人间寒热。见数度、水空花歇。且向青山迎归鹤，逸几株、萧疏垂斜月。听夜半，唳声咽。

破阵子·晚春

几里飘棉长渚，一弯落雁平沙。慢解韶光槐叶疏，乱剪东风燕翅斜，烟凝云水涯。

时日春波杨柳，寸心明月梅花。偶起离愁随坠絮，聊寄诗情逐晚霞，从容应岁华。

蝶恋花·立夏前见晚山桃盛开

未及伤春春已暮，无奈春归，去去云深处。应是恋春期久驻，乱烟闭锁青山路。

不忍轻狂飘絮舞，谁向青山，借得春回顾？一夜东风催雨注，傍溪忽绽桃千树。

风入松·牡丹

熏风一过动京城，芳恣新晴。衣冠络绎趋南陌，看千门、絮舞空庭。不向东风袅娜，无思细柳娉婷。

盛时花下尽谀声，国色尊荣！铅华一去唯真素，伴空阶、冷月孤明。劲峭唯余瘦骨，婆娑谁解柔情？

念奴娇·迭山横雪

青峰几簇，恰虹销雨霁，乱云飞渡。亘古行来头覆雪，愁压万山迟暮。流带洮岷，江通巴蜀，表里山河固。翠烟冰雾，望中难辨寒暑！

多少故事匆匆，石门千尺，怎锁光阴住？叠嶂迢迢迷草树，曾是藏王归处。四海为家，从今定鼎，自不分诸部。梵音辽缈，悠悠祥乐钟鼓。

望海潮·再过九甸峡

一江寒碧，诸峰飞峙，山河是处殊奇。千壑纵横，朝云暮雨，时时雾锁烟迷。铁索束狂狮，玉带萦绝壁，天堑如斯。潋滟微澜，断崖斜日影参差。

何妨啸傲行之？驾扁舟一叶，箬笠蓑衣！乘月脍鱼，临风把酒，悠悠数忘胸机。相约鳟肥时。携手秋江上，余日何期？脉脉横波无语，漾漾过清溪。

凤凰台上忆吹箫·金城寓中消暑偶感

向晚风清，聊消溽暑，倚栏独引樽觞。流不尽、波横九曲，水绕千冈。西望诸峰如聚，暮云簇、低抑天光。苍茫处，烟锁叠嶂，频起凄凉。

常记家山万里，重回首，犹怜旧日儿郎。好凭借、雏鹰意气，逐梦斯乡。白发而今渐老，伤愁酒、空损肝肠。许怅惘，一杯且酹斜阳。

水龙吟 · 冶海问仙

望中春水连山，一池寒碧溶千树。岚烟半卷，翠微深闭，是来时路。野鹤声遥，闲云踪远，山人何处？正买花蓬岛，碧瑶沽酒，醉吟里，斜阳暮。

我欲邀君暂住，捧村醪，问君饮否？“瑶池宴毕，琼浆玉液，意慵身鼓！莫望神仙，人间地狱，非卿谁驻？”尔归兮，我愿红尘久堕，共千门苦！

临江仙·道中有感二阕

身向云山千嶂里，东风催紧征程。徒留魂梦绕离城：玉人无寐夜，映帐月孤明。

尘世生生伤薄幸，我今偏悔多情。空将离恨赴飘零！回望沾袖处，隐隐数峰青。

满目黄花浮碧海，香熏十里归程。连天去处晚烟横。暮收余日影，夜放远村灯。

倥偬年来身似雁，何时离此营营？唯凭一念慰飘零！怅望西风黯，皎皎月孤明。

惜黄花慢 · 立秋再过美仁草原

阔野苍苍，正浸烟欲雨，四顾微茫。接天铺翠，绿茵渐莽，沾衣雾冷，拂面风凉。凛寒不解韶华逝，露梅老、层染秋冈。意恐惶，暗迁日月，偷换星霜。

行来百结愁肠，怅佳音渺渺，别梦绵长。素云轻妙，几萦幕帐，离歌一曲，数绕虚荒。掠空只影翩跹过，雁归去、为语情伤。黯伫望，杳山彼处家乡。

鹊桥仙·七夕

一怀离绪，满城烟雨，四顾萧萧芦荻。江天渺渺杳飞鸿，何处问、归云消息？

雾迷孤馆，月潜垂幕，肠断秋宵怨笛。云中雁阵梦中诗，念应是、行行泪迹！

望海潮·秋晨别

秋娘衰唱，秋芦萧响，凄凄怨对秋风。秋叶坠阴，秋云借雨，秋山半掩空蒙。枭枭荡虚空，正幡扬古寺，频起晨钟。寂柳疏杨，一派萧瑟淡烟中。

斯时难慰从容，怅天涯苦旅，梦与卿同。离夜镜花，残宵泪烛，谁怜曾照颜红？极目断飞鸿，任心魂送远，数绕青峰。落雁萦回别浦，秋水映寒枫。

夜合花·秋苇夜月

月冷秋江，露凝清夜，晚栖雁落平沙。萧萧北渚，瘦风数掠蒹葭。素辉映青纱，白衣欺、浑雪梨花。桂宫仙子，曾遗绰约，玉树冰葩。

怜君姿绝风华，凛霜寒，岂劳空费嗟呀！堪堪别去，苍苍远水云涯。见败柳残桠，夜深处、犹寄昏鸦。二三疏影，依依岸坻，尚自横斜。

玉蝴蝶·秋过甘南草原

伫望纤云漫卷，流连晚照，澄澈长天。数点横空，鹰鹫疾掠惊旋。斜阳舞、千幡风马，暮愁绕、几帐炊烟。意茫然，迢迢驿路，何处乡关？

香残，黄花渐老，飘零荒莽，遍染秋山。暗转星河，一宵冷雨化霜寒。黯征魂、西风塬上，销旅思、夜月楼前。梦云鬟，小窗剪烛，细说流年。

玉蝴蝶·洮州往事

应是徙人魂断，千秋对此，渐说风谈。梦绕长淮，画阁粉壁飞檐。去苍茫、万山云水，临萧瑟、一镜寒潭。忆江南，柳溶烟雨，风漾湖蓝。

纤纤，翘头凤足，榴花银鬓，潋滟青衫。半卸钗簪，香荷慵取绣针拈。叹洮流、频延春色，倚妆台、还拭珠奁。启重帘，红花岭际，长望晴岚。

声声慢·故垒秋雪

千秋旧事，鸿迹茫茫，寻听洮水幽咽。不尽沧波，应有兴亡能说。萧萧木飞故垒，忆当年、征夫初歇。曾黯对，照秦楼楚馆，一钩山月。

尽夜西风泪望，清霜里，浑脱战衣如雪。空念神京，还是桂香时节。梅花劲吹铁笛，向云山、飞上千叠。曲未了，已吹得、古今寒彻。

沁园春·秋登洮阳

试望洮流，一川云水，数起岚烟。见突崖松劲，遮天草莽；早晴风冷，晚绚花残。白露初晞，晨光浅转，略点微霜衰鬓寒。浮尘散，忽鸡鸣犬吠，梦醒家园。

弱冠归业乡间，廿三载，清贫一士焉。恰始知大义，方轻小我；行藏在后，意气为先。不忍瑜瑕，难容锦渍，空负江山枉少年。思今日，正壮怀未已，却黯朱颜。

贺新郎·临潭李社

临潭李社，旧洮州八景之一，其为唐西平王李晟家庙乎？今已无迹可寻。念兹往事，感而为赋！

寒角凄吹彻。正仓皇、故巢倾覆，洮流呜咽。空念山河胡尘里，一去戎衣长别。终难补、金瓯憾缺。国恨家仇挥突骑，破定秦、遥祭乡关月。霜刃拭，敌酋血。

千秋旧事云飞灭。但记得、数行文字，几篇传说。曾有高祠栖乌羽，应是神鸦未绝。当社祀、麦黄时节。鸿迹茫茫今何处？幸汗青、常照遗风烈。人尽叹、蔡州雪。

水调歌头·故垒秋雪闻笛

一笛新梅落，十里旧江山。飞花何事，都化怆冷水潺湲。况有千秋兴废，翻作心情万种，垂暮锁愁烟。故垒萧萧下，混雪木飞寒。

人空叹，天易老，月难圆。哪堪对此，偏向箫管哭流年。漫道冰葩玉露，皆是云愁雨恨，戚戚趁哀弦。一曲余音绕，四塞尽茫然。

水调歌头·重阳

故园霜树里，倦鸟暮烟中。斜晖无语，遍染山色赧颜红。欲把寒林作盏，倾尽江河为酿，醉杀一衰翁。人倚云天下，魂落碧瑶宫。

世间事，愿难遂，古今同。千秋笔墨，空向黄菊哭西风。未若簪花对酒，趁此重阳好景，慵眼笑相逢。归去闲乘月，泛迹五湖东。

水调歌头·盛世盛会

兴亡寻常事，回首问千秋。无涯翰墨，空叹门外与楼头。幸有雄文略武，力挽山河颓险，强国巩金瓯。只手擎天宇，砥柱峙中流。

家国业，百族祉，谨运筹。应无捷径，探索真理引寰球。四海归心北阙，万姓寄望英决，未雨早绸缪。放眼向洋立，因势好行舟。

水调歌头·立冬归途见孤雁

人似迟归雁，月冷发如霜。可堪栖止，惨烟愁雾满回塘。应念凄声孤影，空对山长水远，何处是潇湘？低回却飞起，高蹈一望乡。

木叶尽，洮流竭，故原荒。冰花旋舞，寒彻犹趁朔风狂。此地狭潭若镜，难寄翩跹素羽，宜去莫彷徨。都道江南阔，苔岸好冬阳。

暗香·冬至前途中阴有微雪

寒英零落，问飘飘几许？渐迷浑廓。堕地无踪，舞尽轻盈却萧索。终使殷勤万种，怎填他、千秋余壑？势如削、北走青山，亘古自磅礴。

旅魄，正寂寞。见昊天明暝，洮水清浊。晚云漠漠，归舸应迟夜深泊。底事偏劳困顿，念故国、枭巢阿阁。叹何日、归去也？逸空一鹤。

渔家傲·小雪前临黄河古渡

水色如天青石渡，霜凝九曲寒烟树。空老物华人似否？君且住，千山影里斜阳暮。

卷地西风尘乱舞，黄沙瀚海边关路。谁忆古来征战苦？云灭处，千秋帝业皆灰土。

千秋岁·岁末寒夜

晚晴寒彻，吹面风尤烈。多少事，听风说，清明无一士，皆有千千结。看纷乱，楼头歌醉楼前别。

听断莺啼切，看尽繁花歇。天亦老，头飞雪，横波斜月逝，风息云涛灭。闲剪烛，凭窗还忆春时节。

风入松·小寒雪天归人

无情岁月有情身，常以寄舟轮。履冰欲驶浑如醉，困临风、迷雪愁人。去处茫茫鸿迹，来时隐隐征痕。

飞花微霁复纷纷，黯黯正黄昏。应怜颠沛千山外，盼归来、轻叩家门。忽见村前烟缕，便疑天际祥云。

水调歌头·饮雪

云壑似深缶，赚我入其中。却将寒雪为醹，湤煞一衰翁。忽念袁公居处，又忆金貂当去，应叹宦囊空。欲寄玉妃酒，何地托飞鸿？

饮冰魄，倾玉盏，醉千钟。未便即倒，须留襟袖透清风。尘外飘飘风骨，局内纷纷疲卒，此事两难同。且共青山老，餐雪访梅踪。

八六子·归乡见雪

暮云昏、水风萧索，惊寒恰是归人。见雁石鸿沙结露，竹栏茅瓦凝霜，暗销梦魂。

盈盈划过无痕，拂面几丝飞絮，潜踪十里烟尘。念江国、曾为冷香佳客，萼边芳洁，蕊间清绝，哪堪旧梦皆消水月，新愁空绕篱门。正纷纷，苍茫数迷故村。

西江月·轻雪

潇洒方窥袁舍，殷勤还绕程门。盈盈一点了无痕，自性原来混沌。

疏影枝头轻絮，梅花蕊里香尘。柔情且去共芳魂，莫待冰心长恨。

木兰花慢·春别曲

念滔滔逝水，催归也，绻难留。恰不懈轮回，澌冰岸畔，醒柳枝头。春秋，尽弹指去，况朝丝暮雪使人愁。渚外寒烟若幕，天边新月如钩。

明眸，莫怨东流，来日好，共优悠。对故山迭锦，重携翠袖，再拥情柔。神游，趁明月夜，驾长风万里到天畴。却道浮沉大块，原来星海丸舟。

木兰花慢·岁末问水

问无涯恨水，为何事，去悠悠？任十里红尘，沙堤柳岸，雾锁重楼。绸缪，且都不管，况年年只管送行舟。玉砌栏干谁倚，飘零谁慰沉浮？

凝眸，可见江洲？湾似带、渚如钩。正暮烟瑟瑟，千芦败寞，陡起清愁。同游，岂知如我，记啼痕酒渍算春秋？夕日无言西坠，沧波依旧东流。

八声甘州·忆故友

恰轻狂好事喜穷游，匹马赴凉州。叹清寒主客，倾囊失计，一饭成愁。还向平明别处，瑟瑟正深秋。漠漠云天下，千里归舟。

莫问吾生何为？欲献功门外，却醉楼头！念光阴渐促，犹竭稻粱谋。试问君、可曾回首，望家山、万里意悠悠？应知我，蓦然思起，老泪横流！

风入松·春分过黄河

浮生长恨总匆匆，萍迹西东。他乡路阔车行疾，窥江岸、一点桃红。莫怨无情逝水，还君千树春风。

此身无奈久樊笼，空慕飞鸿。故园应是寒欺暖，纱和袄、何所宜从？来日乘闲携酒，寻春且共诸公。

桂枝香·山中月夜

春山夜歇。见伏脉一痕，忽而中缺。况有清流激激，慢吟轻咽。松涛突起繁香涌，是封姨、戏花惊叶。玉轮垂峡，凭空照彻，胆肝澄澈。

且漫将、豪情兴发。对一揽山水，无边风月。任我溶其化境，再无分别。浮生栩栩南华梦，正其间妙理难说。恰斯时也，胸藏烟雨，意凝冰雪。

金缕曲·汶川十年祭

毅魄平安否？十年来、伤怀此日，怎堪回首！长恨苍天称生物，何至人如刍狗？问团聚、几家能够？魅影幢幢迷舞袖，任翻云、覆雨由来久。常念及，牛衣透。

两朝躬检沧桑后。幸又见、山川复理，江河盈秀。家国欣逢晴明世，斩断推波鬼手。更除却助澜群丑。重树繁华聊奠酒，胜年年、青冢扶新柳。佑社稷，精魂守！

金缕曲·负春

烦恼时时有。恰犹同、飞了飘絮，断了丝藕。常令人如黄花瘦，况对销肠闷酒。且还将、流年细剖。莫把人生从始究，四十年、诸事难回首！忆过处，汗衣透。

临窗忽觉江山秀。却原来、亏了碧树，负了云岫。芳草般般君知否？应是昔年故旧。化春信、依然厮守。未若冰消些许恨，趁清风、丝雨微凉后。立曲岸，赏烟柳。

八声甘州·临河羡燕鸥

恰江风激荡过汀洲，拂柳燕难留。去盈盈一线，翻飞剪剪，顾影中流。旋掠还归倦驻，枯木亦轻舟。几度沉浮处，逝水悠悠。

谁怅夕阳西下？正烟横山际，晖映重楼。问春华向晚，此意又何求？恨人生、有情长绊，怎如它、无念自优游！须期日，化轻衣处，且共盟鸥！

汉宫春·腊子口

试顾苍茫，见龙江东去，秦岭西来。沉沉卷云飞渡，隐隐崔嵬。峨峨天险，仰视处、无语徘徊。问世间、沧桑正道，谁开晓色朝晖？

忆昔百年灾祸，叹悠悠故国，宇柱垂危。神州陆沉诸寇，黎庶汤灰。南湖画舫，响一声、惊魔春雷。铭记否？长征万里，忠魂铸此丰碑！

洞仙歌·舟曲采风途中

岷山地异，故寒江流碧。皆道斯乡是仙国。恰良辰、入眼山木深深，神游处、羡煞洮阳狂客。

地仄连天阔，一线云空，伴我逶迤壮行色。试问赏心何、欲赏榴花，况还有、龙江水激。累主人、问我几时来？醉美景、浑浑未知西日。

沁园春·莲峰神韵

一峰何奇？冰砌芙蓉，玉结莲花。正含情萦带，盈盈春水；临风漫舞，款款云纱。婀娜华容，清扬丽态，遗落瑶池一异葩。初游日，见莲歌易咏，风说堪夸。

山人知是仙家，曾伏谒骖龙御凤车。问寒霜夜月，应思寂冷；秋枫白露，可慕繁华？“念彼苍生，红尘有我，布雨行云万木嘉。回眸处，爱五方禾稼，四野桑麻。”

八声甘州·冶海冰图

见数峰隐隐映中流，万壑一图收。正云沉天抑，棉飞絮乱，寒浸层裘。吹彻一池青碧，风过也飕飕。千水皆凝铸，鱼鳖都愁。

谁倩丹青圣手，借冰湖绘就，玉殿琼楼。恰龙宫灯火，烁烁影飘浮。犹疑是、阆嬛仙境，有佳人、曼妙舞轻柔。因令我，痴狂伫望，可肯回眸？

水调歌头·卧佛沐月

绣口吐明月，气息涌山风。千秋容我一梦，高枕万缘空。任是青天碧海，殷切归云似练，俏挂额眉松。我自如如处，玉宇沐空蒙。

长夜寂，孤峰峙，落征鸿。吾生若蚁，亦想无事卧云丛。寰宇妖氛未靖，故国春潮方兴，此意莫匆匆。且继前贤志，鸡唱起人龙。

鹊桥仙·七夕

星澄河汉，光摇玉露，倏转春秋一度。青天岁岁引银钩，谁凝望蟾宫桂树?

骏眉新茗，鸿泥旧故，还向窗前笑语。不思碧落慕飞仙，只珍重人间朝暮!

行香子·春思二阕

霞落云藏，水皱风凉。暮愁里、渐黯山光。一泓微雨，半亩方塘。坠叶声碎，荷声细，苇声长。

昔年慵懒，今夕彷徨。浑无绪、忘着秋裳。韶华轻负，岁月成伤。叹胸间空，人间困，鬓间苍。

倏转流光，暗染星霜。红尘里、梦短情长。闲搓鹅管，慵倚秋窗。见迭山横，明山雨，凤山苍。

三生李相，几世刘郎。遍寻处、人海茫茫。怯思前事，怕扯心藏。对字间吟，眉间恨，镜间伤。

望海潮·冶峡秋色

绮云明渲，金风暗戏，堪怜山色羞红。慵着杏衫，轻匀粉黛，霜林艳煞寒枫。穿峡激流东。有跳珠到溅，银练垂空。十里秋深，物华如画尽天工。

余晖渐隐葱茏。正危峰悄峙，缺月初弓。人语柳堤，莲歌小院，千家烁烁霓虹。衢市拥花丛。且循香逐梦，幻羽乘风。暗夜如流谁晓？寰宇已朦朦。

汉宫春·朵山玉笋

玉笋参天，阅风山龙伏，几度斜晖？千秋危峙无碍，空锁烟霏。仙人解马，问何时、潇洒来归？风说事、茫茫无迹，四望唯见云飞。

我叹浮生易逝，隔廿年到此，物是人非。同游怎堪点检，旧梦多违。愁思且去，莫如随、造化忘机。君不觉、蒙蒙细雨？多情为我沾衣。

水调歌头·秋堤上

归雁落前浦，逝水入苍茫。秋云不雨，都化幽恨转愁肠。临岸徘徊野老，莫向寒潭问镜，顾影鬓如霜。试望萧萧处，木叶舞秋江。

世事幻，红尘短，胆肝长。书生意气，空当道义误行藏。谁是燕城豪杰，借我鱼肠宝剑，直为斩秦王？可待青山老？无语问斜阳！

金人捧露盘·八木墩上二阕

其一

望秋江，登青嶂，顾苍茫。正北雁、唳过斜阳。黄花败莽，借残墩荒燧说兴亡。细思前事，指东流、欲语彷徨。

生民地，源秦汉，争战郡，讫隋唐。遗百代、谁控边疆！淮音楚韵，问徙人何处梦斯乡？水声凄怆，向塞风、漫道明皇。

其二

怅辽天，思乡国，渺空烟。绕叠嶂、几缕云闲。江南塞北，问青峰横隔自何年？迭山不语，任悠悠、数换人间。

孤烽峙，关河险，荒垒寂，断鸿还。恰戍客、临望凄然。酸风射目，怆一泓清泪落襟前。盛唐垂幕，见虏骑、鞭指长安。

莺啼序·洮州卫城

望中凤山扑翼，掩帘云幕雨。乳纱绕、横郭连城，迤逦龙伏东去。晓钟振、余丝袅袅，重檐隐隐金琉踞。见常门、飘渺人烟，织斜如缕。

幼雀喧枝，老犬吠巷，傍垂杨住户。婉相谑、对笑闲窗，料应茶饭夫妇。日初耘、田间麦豆，夜深教、灯前儿女。细听时、半是西音，半为南语。

街闾侃谈，垄上歌谣，道传说旧故。恰太祖、靖疆雄略，缚手迁来；惨水愁山，陇尘番雾。江淮士卒，洮河屯戍，千秋皓首望明月，盼皇恩、期日临边土。风云散处，伤了过眼繁华，忍了百代迟暮。

升平盛世，市列珠玑，问遗风在否？似昔日、方巾济楚，卫学诗书；鬓角榴圆，凤头鞋竖。生还梦断，遗民思浅，于今唯有春柳舞，叹乡愁、谁似前溪树！多情还展南枝，枉向东风，漫飞败絮。

天香·洮水流珠

沧海遗珠，浮光泛影，自是鲛人清泪。世外仙山，玲珑楼阁，月夜游魂归未？碧瑶醇醴，容我换、百年沉醉。翻覆昆仑砥柱，洪波万顷流翠。

无奈此间况味，正苍茫、惨云愁水。宜借明珠万斗，玉屑千筩，遍慰生民苦累。喜谁道：如君一寒士，不望期还，权为赠馈。

莺啼序·登东明

山川自钟异秀，试登临一望。入遥目、映雪浮光，隐隐烟锁千嶂。具双美、良辰好景，和曛丽日东风畅。赏心扬、思逐金波，意随青浪。

碧水经萦，众壑错汇，正人家院巷。郊原绕、田亩鳞鳞，聚斯歌哭乡壤。莫轻言、卑微故地，亦曾育、千秋名将。看洮阳、遗垒横斜，远从苍莽。

彤云北起，急雨西来，过西风浩荡。忽疾至、遽敲鸯瓦，渐失明廊，打叶疏疏，透林潇响。群楼雾幕，深闾纱障，繁华空漠知何处？见红尘一洗皆无相。天开野霁，谁惊转眼晴空，却留谷寂塬旷。

偷关暮色，暗下残阳，值气清月朗。恰古刹、星灯初上，斗阁巍巍，几舞飘幡，数闻莲唱。悠悠乐事，醇醇情味，勿需杯酒先兴醉，且行吟归去宜扶杖。重门烁烁霓虹，十里通衢，竞容万象。

西吴曲·迭山横雪

指南天、卧雪横峙，每登临欲问、古今事。正萦洮故国，山河堆秀谁倚？叠嶂无言，闲挂得、轻云千里。笼翡翠、烟锁晴川，送极目、断鸿天际。

我疑斯域，游碧落仙人，将为变霞蔚起。舞旖旎。妙姿纤袖飞寒，摧云行雨，玉屑飘飘万箭。清溪深处，砌就玉宇琼楼，常踏月徘徊，无限眷留意。

夜半乐·鹿沟叠翠

赏心好趁风畅，情怀逸发，吟啸归山水。有十里青芜，一川流翠，络岩峭峻，清溪迤逦。远来千壑横斜，絮云闲止。忽婉转，鸣禽炫声媚。

不妨借此漫兴，碧草邀欢，野花留戏。看孔圣、风乎雩游春事。右军书序，庐陵赋记，况前太守坡仙，密州千骑。料犹恨、当年未狂矣！

念此因放：乐遇胸襟，释然心思。见万木、殷勤尽兄弟。莫相辞、君等待我应如是。眠绿绮、曰醉何曾醉？得鱼忘筌斯真意。

六州歌头·古堡斜晖

凭高吊景，暗下夕烟长。川梁合，孤城寂，漾秋光，泣寒螿。断壁残烽立，接衰草，连枯莽，遗麦秀，飞雉起，散牛羊。垄上田畴，落日浮云影，见惯兴亡。叹千秋事业，毕竟枕黄粱。百代营藏，委尘荒。

望山穷处，曾军燧，人歌地，昔毡乡。按强弓，联牦帐，看名王，醉胡床。往事谁能说，风言语，尽荒唐。何处觅，残绳牍，烂篇章。空累书生老矣，临山水、一顾凄惶。怆霞沉暮晚，北雁入苍茫，唳过斜阳。

多丽·先生传

故原苍，暮烟晚景斜阳。废烽荒，无言静伫，千秋似说兴亡。闹哄哄、你方唱罢，雄赳赳、我自登场。换过星霜，销残甲帐，落花流水百人王。喜今朝、机声人语，垄上麦收忙。眠草莽、先生累矣，一饮空缸。

性从来、偏为好古，却对身事茫茫。总因它、利名气短，放不下、儿女情长。几句歪诗，数痕酒迹，三家村里老书狂。趁晴日、坐看秀色，买醉又何妨？闲抱袖、南天云淡，北岭花黄。

水调歌头·黄河桥上

冻彻石梁浅，泥落现清流。凭高长望，惨烟愁雾锁重楼。卷地惊沙扑面，浸骨西风乱吼，何事作闲游？枯木萧萧处，寒水绕汀洲。

年少志，凌云气，去悠悠。念斯桥上，能将鸿迹几回留？亿万瞬时光影，四十三年尘梦，华发对新愁。向我飞来者，可是旧沙鸥？

浣溪沙·春雪

一点冰心着意斜，几多离恨绕天涯。飘飘何处是儿家？

欲伴信鸿归瀚海，化成丝雨湿龙沙。不沾陌上媚春花。

行香子·旧城春夜

雀隐娇声，影失层城。画痕微、月涌东明。千家人语，万户星灯。过春风软，和风醉，晚风清。

重重似幕，叠叠如屏，何妨作、归老严陵？洮阳晴日，水笑山青。有草儿欣，花儿媚，鸟儿鸣。

沁园春·洮城古韵

欲暖还寒，蛩音不响，柳絮未扬。正龙城东走，炊烟飘渺。凤山北峙，冷雨苍茫。废石云堆，荒台草浅，星点春痕泥径长。清明过，恨司神慵懒，空负韶光。

行来倍觉凄凉，忆旧事千秋更断肠。念离歌声咽，吹梅笛怨。泠风似水，寂月如霜。徙客思心，役夫归梦，飞上峰头望故乡。前人苦，使后人到此，无语彷徨。

行香子·春夜

帘动浮光，衾透微凉。梦痕中、一脉余香。慵披轻氅，漫启轩窗。见夜如潮，风如水，月如霜。

英雄气短，儿女情长。回眸间、空老冯唐。知心人远，难诉衷肠。待三春好，携春岸，赏春阳。

西江月·小镇春韵四阕

小镇农家

缕缕春风煦暖，丝丝杨柳轻柔。小桥浅浅映溪流，镜落天光云岫。

一树山桃灼灼，几声雏鸟啾啾。门前花径正清幽，叩问主人在否？

春归小镇

细雨无声堤岸，东风着意山前。傍临春水柳如烟，正把繁花轻唤。

恰恰莺啼碧岫，盈盈絮满蓝川。小楼西畔倚栏干，尽是望穿心眼。

雨中山村

是处垂杨门户，几重深绿人家。东风拂柳雨丝斜，乳燕飞来檐下。

脉脉清馨有意，茫茫云海无涯。岚烟何事隐山花？且去循香驻马！

莲峰传奇

我本轮回倦客，君为世外飞仙。载将云水与湖烟，应约槎来春半。

别后千生虚幻，相逢一笑嫣然。感君赠我玉峰莲，勉谢花儿歌遍。

南乡子·王旗琐记三阕

洮河北去

何事却回头？满眼洪波只北流。携取青山无限意，悠悠，欲济荒尘不肯收。

泽被几春秋？襟带洮岷是故州。拟纵沧浪如一叶，仙舟，载去生民万古愁。

山村新貌

久为在樊笼，偶至山乡意兴浓。更喜清凉逢细雨，蒙蒙，绿树红花掩映中。

村首遇归翁，指语淳淳有古风。青瓦明墙新建户，融融，二十年来早不同。

山村道中

行处夜深浓，山一重兮路一重。试借溪流清倦眼，朦胧，蓦见晨星沐晓风。

朝日透曦东，别样尘寰梦醒中。待到机声人语起，彤彤，天半云霞似火红。

蝶恋花·春思

雨细风柔三月暮，踏遍青山，行向春深处。杨柳丝丝犹自舞，雀莺啼断来时路。

双燕翻飞寻旧户，剪剪翩翩，偏惹思乡苦。往日依依今在否，昔年曾折村溪树？

瑞鹧鸪·谒花

一枝清绝逸红尘，遥领风华已断魂。不负苦心三月雨，谢辞流俗四蹊痕。

君为世外迁凡客，我是江湖落魄人。无惧袖襟寒露冷，且来仙府讨芳樽。

临江仙·山乡印象三阕

老村晨行

垂宇一弯眉月，嵌空几点寒星。闲来无事好晨行。春风残梦软，夜雨晓山青。

最爱村头杨柳，枝枝叶叶关情。新披鹅绿沐霞明。炊烟升树后，鸡唱两三声。

大池山上

丝缕闲云天际，绯红几抹曦东。群山构走势如龙。人烟千壑起，小镇数望中。

良域不亏名物，洮州代有英雄。李岗杨勇辈无穷。君看庠序美，猎猎一旗风。

西路尕娘娘

新插髻盘堆雪，频摇秋叶嗔乖。金簪银鬓泡儿钗。描成花样巧，绣姥凤头鞋。

还忆那时双辫，甚愁手托香腮？罗衫初尺剪难开。请来姑舅嫂，羞把缎衣裁。

金缕曲·奠故友

我亦沉沦久。数年中、尚嘘寒暖，几人如旧？曾约晴明春风好，笑饮疏茶淡酒，孰料得、惊魂讯骤。天意从来高难问，总由他、覆雨翻云手！空堕泪，漉衫透。

还将冷眼看今后。见惯了、炎凉仕路，鹜趋宦友。难测坊间能容否？虽是残花败柳，却怎免、秋娘妒厚。君本南山遗爱守，况半生、才气销群丑。谁为我，击离缶？

风入松·春日见弱柳随风

春风送雨暗沙明，恰恰弄啼莺。盈盈几点轻狂絮，偏飞过、弱柳娉婷。绰约枝头新梦，婆娑影里柔情。

临溪浅浅数株横，惜与未曾盟。何当借得青山住，共云水、快意平生？岭际岚烟如语，人前布谷声声。

翠楼吟·雨中古战

雾抑川原，云沉古堡，东风尽消残暑。凭栏凝伫久，看丝柳柔绦纤舞。遥山微雨，过十里青芜，潇潇如幕。望穷处。翠烟连幛，碧流千树。

欲语，前事绵长，恨汉唐辽远，夕阳箫鼓。襟喉关锁地，去豪客匆匆何许？中州神武，共草莽英雄，皆归尘土。盈盈露。绿波无限，问曾游否？

沁园春·退休

世事如刀，刻削光阴，销侵白头。幸眼明身健，词新赋丽，严陵坦荡，陶令风流。耻着参襟，羞随趋鹜，早趁官因老病休。家园好，正三丛菊艳，半盏羹稠。

诸君莫为空愁，向潇洒山河任去留。载一船烟雨，几帘风月，无痕壮志，有限情柔。漫卷丝纶，闲浮细浪，夜钓天星挂玉钩。晴明日，看数峰江上，万木清秋。

行香子·过花云庙

庙落青茵，旗展浮云，长川寂、烟霭纷纷。一声钟绕，一缕香氲。望山前溪，溪前树，树前村。

精魂享祀，英名尊社，劝谕他、庶吏芸芸。莫贪民贿，莫负天恩。做良心官，仁心事，放心人。

行香子·庙会看戏

急鼓咚咚，看客重重。忽一声、喝断秋风。木枪在手，气势飞虹。觉兵如潮，将如虎，马如龙。

脸分几彩，黑白黄红。凭它辨、善恶奸忠。眼前天地，咫尺西东。认尔家子，谁家弟，舅家翁。

水调歌头·共和国七十华诞志庆

七十庆华诞，九鼎镂繁花。欣看河宁海晏，祥瑞满人家。境化青山绿水，政建清风皓月，喜雨润桑麻。邀得嫦娥至，款款舞云纱。

民心力，国筹运，尽堪嘉。蚍蜉何事，常思撼树枉嗟呀！南海蛟龙腾跃，西塞长虹飞渡，荒莽伏尘沙。万岁共和国，屹立自无涯。

沁园春·高峡平湖

奇也山河！崖岩竞秀，丘壑风流。正烟生岭隙，雾从峡底；高蹊曲险，细浪沉浮。危峙重门，横垂金锁，万古边陲作襟喉。叹行久，忽花明柳暗，禾麦千畴。

红尘几度回眸，又须向、逝川忆旧游。见青峰犹矗，平湖浩渺；小村无迹，碧水深幽。年少轻狂，醉时模样，为问斯人还记否？吾何恨？失云中白鹤，江上轻舟。

三姝媚·秋游

堪堪秋过半，尚惊寒、横空几声归雁。行遍湖山，看金风摧爽，暮云舒卷。禁锁长烟，正陇水、浪明波缓。无语凭栏，华发萧索，旧思千幻。

曾把柔肠百转。对若水流年，似花仙眷。如梦携游，记露轻沾履，雨盈惊面。渐老红颜，相惜处、黯然魂断。勉上层楼还叹，秋阳无限。

桂枝香·秋风河畔

临河黯伫，见木叶萧萧，犹坠还舞。二水中分远渚，乱鸦飞渡。沧波渺渺长天暮，指迢遥、断鸿归路。卧桥横枕，闲愁万斛，黄流漫注。

念半生、儒冠竟误。任人做鹰犬，我为狐兔。世事何妨，一笑且从鸥鹭。青山隐隐千峰矗，问悠悠此意谁诉？故人何处，秋风塬上，夕阳烟树。

满庭芳·秋风河口渡

水绕前汀，云沉远渚，暮江望极凋寥。西风渐起，零落木萧萧。浩荡闲愁千顷，接天处、雾锁长桥。寒烟外、残阳如血，陇塞路迢迢。

遥遥，思故事，关河禁钥，铁石难销。去明月楼台，缓管轻箫。浊酒一杯万里，几人似、傅介班超？今朝且、漫谐新曲，试把旧魂招。

八六子·秋晚

惜黄花、逸心萧索，西风拂尽流霞。况日晚乡关路远，露清孤雁声寒，怆然漫嗟！

临河三两人家。老树一枝高峭，炊烟几缕微斜。念此际、归来燕喃檐下，旧禽声渺，故人魂绕，哪堪孑影踌躇古道，征尘侵浸年华。望天涯，霜林又啼暮鸦。

行香子·秋思

一蓦黄花，几日余奢。湖山美、雁过流霞。参差霜树，鳞次人家。正寒烟锁，炊烟绕，暮烟斜。

如歌盛景，似梦繁华。莫轻为、闲事咨嗟。长声吟啸，慢曲咿呀。且趁天风，游天外，落天涯。

西江月·乡愁四韵

乡　愁

昔我少年离别，依依杨柳垂门。一钩残月黯乡魂，世路茫茫谁问？

今我苍颜回首，霏霏雨雪沾巾。近乡情怯是归人，落叶还根无恨。

端　午

叶叶新攀杨柳，依依垂拂楣头。鹅黄初展蕊如钩，岁岁端阳依旧。

清爽葱花凉面，嫩香豆粉麻油。当年游子可回眸，其味悠悠记否？

中　秋

四野农忙未尽，小村霜露先寒。常期明月照团圆，一碟秋梨最盼。

丝缕当年不易，今朝频对歌筵。千般滋味不成欢，回首依然魂断。

春　节

小炮几枚足慕，新衣一件堪骄。孩童无事乐逍遥，弹指韶华过了。

空念那时自在，更添今日心焦。乡愁不为路迢迢，只为难回年少。

行香子·风雪洮阳城

寒雨苍茫，凝雪飞扬。山川寂、略显凄凉！一望枯莽，消尽残黄。正风声疾，蛩声碎，鸟声惶。

危亭黯极，波冷洮江。千秋事、聊引樽觞。醉中词客，梦里名王。问为谁争，为谁苦，为谁忙？

行香子·金柳

叶叶浮光，缕缕飘黄，看秋容艳过春妆。盈盈袖舞，袅袅风扬，正沐斜烟，弄斜影，坠斜阳。

混同岁序，侪列群芳，即名花应妒徐娘。行藏有节，零落何妨，任晦和明，雨和雪，雾和霜。

满庭芳·夜雪

堕地无声，飘灯过影，殷勤唯解轻扬。穿枝沾叶，夜静趁风央。不绕程门袁舍，偏来助、旅枕凄凉。霓虹映、飞花万点，空径渐茫茫。

疏狂，依旧样，谁怜别后，更似谢娘？念零落琼英，为启轩窗。也学梅花俏俊，飞来作、笺上寒香。凭谁寄，冰心一片？隐隐曙天长。

满庭芳·衰柳

冷雨潇潇，惨烟漠漠，地天一色茫茫。水沉山寂，衰草结清霜。几度春风旧梦，觉来是、枝上凄凉。看多少、韶华落尽，瘦影入寒塘。

彷徨，常思忆，斯时模样，碧玉新妆。正吹遍阳关，玉笛声扬。应折柔条百尺，长亭外、频见离觞。空凝望，古人去处，杳杳暮天苍。

金缕曲·纪洮州大儒范绳武夫子

赖有先生处。看乡隅、春华桃李，秀岩苍树。斯道金声而玉振，座下洮材翘楚。济济列、朱程门户。训谕淳淳风满袖，更拨云见月辨今古。续往圣，启新举。

时逢末世狂涛阻。乱纷纷、山泽丘墟，故宫离黍。奔走衣冠如狐兔，听惯鸱枭夜语，恨不解、黄钟大吕。幸引斯文传教化，立明灯一炬催天曙。试为子，谱金缕。

行香子·店子三韵

过岐山村忆故人

了了春残，再过岐山。老村柳、已焕新颜。故人何在，冢草如烟。有朝云聚，闲云绕，雨云还。

苍冥空远，孤鹤辽天。待三生、又是何年？心头垄畔，此恨如绵。忽趁风来，随风去，逐风旋。

马营河村

一瞥溪明，数过风清。看春陂、曲曲如屏。委尘戎马，不见空营。问甚时居，甚时盛，甚时名？

古今同梦，家国柔情。殒此间、多少豪英！闲花缀野，芳草环茔。望岐山巍，松山远，庙山青。

新　村

圃绽红花，艳灿云霞。过松林、涛涌风斜。长天澄净，碧岫清嘉。忽鸟无声，人无语，思无涯。

三春禾稼，四野桑麻。是今朝、康乐农家。村翁戏谑，稚子咿呀。正倚闲柳，说闲话，品闲茶。

西江月·雪后访晴

轻托一轮红日，漫披千帐银纱。雪原莽莽思无涯，晴色冷光相射。

行止不曾颠倒，性情有点奇葩。偏从塞上访梅花，此老向来潇洒！

沁园春·羊沙

幻羽飞来，风升袂举，绰约前山。见灵烟潜壑，银龙腾跃；奇峰挂月，玉璧清圆。寒水潺湲，波光潋滟，空里流霜溶覃川。乐斯境！借莲花作枕，容我高眠。

红尘一梦千年，又何必、从头述变迁？况枫燃秋峪，云生浪谷；湖平九甸，溪发双峦。阅尽沧桑，山河无恙，依旧人间好洞天。趁闲步，但随心所欲，到处怡然。

沁园春·登唐洮州城故址忆李西平

险塞攒雄，封疆掌内，井邑毂中。况危峰嵌月，环波涵影；朝晖流铄，暮色腾蒙。并枕洮江，阴阳互势，奇气天钟李相公。登临处，试鹘鹈新拭，剑吼西风。

关河应运无穷，恨千古名王亦梦空。去浮光盛世，霞堆锦绮；耻闲晚景，霜冷青锋。吴会云间，长安日下，犹指家山路万重！销凝久，但寒烟余照，一抹残红。

沁园春·春过黑松岭

云淡风轻，天澄似海，浅草如烟。见参差几树，乔松微墨；零星数点，金露初妍。万壑晴岚，百洄岷叠，阅尽千山一水还。漫凝伫，指新庐旧舍，聊趁余闲。

生民应自何年？正老柳、倚门半吐棉。对悠悠过客，秦屯汉徙；离离黍麦，隋陌唐田。佞相坟荒，忠臣庙久，一梦留今作戏看。恰时日，照人歌盛世，里巷喧喧。

金缕曲·庚子春

春也归来否？望江头、云浮浪渚，雾生残柳。星点春痕无寻处，入耳西风乱吼。正万户、人皆困守。黯黯凭轩凝伫久，恰关山、夜雪沾襟袖。宜静息，莫开口。

平生恨未回春手。算而今、数行文字，空余酸朽。书尽胸膺无人问，唯见惊魂迅骤。奈覆雨、翻云群丑？何得惊雷清魅影，送春回、还待春分后。为逝魄，酹春酒。

西江月 · 小村晚景

袅袅婷婷杨柳，三三两两人家。春风缕缕晚烟斜，夕日悠悠西下。

进院几声犬戏，凭炉半罐煨茶。清香源是炒胡瓜，儿女灯窗闲话。

江城子·春晨

一江春酎拍烟汀，水波轻，沐霞明。夜过疏风疏雨晓山青。残梦依稀由露径，看翠色，与云平。

人生老易悔无情，对卿卿，误莺莺。忍把低斟浅唱换浮名。可奈心思如坠絮，谁呼作，满河星？

八声甘州·八竜池

问昆虚浩渺水三千，谁取一泓然？映天光云影，青芜螺髻，碧草氤烟。袅娜清风仙媛，明月响瑶环。流眄双星射，冷艳无边。

命驾八竜游弋，御霓裳带雨，雾袖生寒。借风洲玉露，点滴化倾澜。看荒尘、潭明浪细，许从今、春色满人间。因怀感，试登临处，一望河山。

金缕曲·道中有寄

回首来时路。怅苍茫、半空烟雨，碧流千树。山寂溪幽无人处，唯见云纱自舞。向万壑、千岩飞渡。露冷风清犹可赋，恨此中滋味难言汝！孤枕梦，略同否？

宜浇块垒看今古。算而今、年华过尽，功名未著。胸臆悠悠归谁诉？儿女灯窗夜语。付一笑、冰消旅苦。平林望断烟如纻，恰沧波渺渺云天暮。金缕意，与君抒！

临江仙·治海牡丹园

垄畔三蹊香径，亭前几度熏风。闲来携仗阅芳丛。小园皆锦绣，此老是仙翁。

百劫修行万法，何如浮世花农？半怜颜色半怜空。相逢开口笑，拈取一枝红。

行香子·聚会

草色青葱，崖色娇红，绕村庄、烟柳重重。有心双燕，无语东风，共意徜徉，花依约，雨空蒙。

星灯古寺，点唱鸣虫，挂檐头、钩月朦胧。亭中醉客，座上余盅，听一声吟，一声笛，一声钟。

唐多令·初秋

一叶塞风秋，沉沙寒水流，意徘徊、雁落中洲。怎将平生无限恨，抛细浪，去悠悠？

不似少年愁，愁来可白头，理乱丝、难舍难收。唯有晚凉晴尚好，邀明月，醉西楼。

采桑子·浮生

红尘常向忙中挂，梦里生涯，镜里浮华，待到醒时日已斜。

重逢且试闲斟酒，醉里吟呀，笛里梅花，晚景如斯不必嗟！

唐多令

清露引寒流，人间天上秋。耿斜河、星朗云收。知夜无眠凉几许？酌薄酒，味浓愁。

世事亦堪忧，鸱枭吓未休。问何方、鹤唳麟游？应有惊鸿才照影，留楚佩，舞中洲。

沁园春·秋夜月色

衾透薄凉，帘动微茫，一枕清霜。正冷枫浴影，乳烟缥缈；衰芦摇叶，雪浪苍茫。莹澈冰心，澄明玉宇，化羽轻灵仙梦长。无眠夜，看千门澹澹，漾漾瑶光。

红尘变幻空相，问几度轮回费计量。念三生石畔，青灯古壁；九华帐里，花貌云裳。字断风流，书凝慷慨，秋水寒声入大荒。人散尽，恰月华如练，空绕西厢。

惜黄花慢·秋夜

夕影摇红，见浅横半黛，低敛眉峰。远村数点，野灯黯黯，近流一派，枯木蓬蓬。坠寒残叶飘空径，暮深也、霜冷愁浓。料与同，此时别恨，千里溶溶。

知它水复山重，怅断魂万缕，未计秋风。镜前衰鬓，日边旧梦，天涯苦旅，窗外鸣蛩。五弦抚尽无人语，问谁谱、掠水惊鸿？夜正中，素云淡月朦胧。

临江仙·入土门关

云际穹庐低亚，望中烟树迷蒙。长桥孤寺晚亭钟。远山横黛浅，寒雨锁愁浓。

无计此情难料，眉间心上重重。半缘尘梦半缘空。萦怀身外事，舞雪岭前风。

临江仙·兰临道中

几簇禁烟霜树，数家临水孤村。寒枝栖老暮鸦昏。远山吞落日，余影黯征魂。

欲续三生旧梦，奈何千幻红尘？到头翻作烂柯人。莫思云外事，还惜此间身。

八声甘州·雪后晨霁

见江山万里映窗前，霁色冷光旋。正阴迷初渐，塬升晴日，雪沃云天。几处雉痕兔迹，浅浅过汀湾。林有蹄筌者，相应喧喧。

梦里依稀归去，对如花美眷，似水流年。任书生意气，名利奈轻看。庆从来、未空米斗，恰而今、华发已萧然。吾何恨？倚明轩卧，幸有余闲。

采桑子·洮州野蔬七阕

柳花菜

非关偏爱娇模样，年少轻狂，思绪飞扬，羞向东风碧玉妆。

也曾学得娱人状，别了春娘，卸了霓裳，聊作山蔬添齿香。

狼肚儿

从来野性难为驯，生也林菁，老也林菁，意待金风玉露明。

何堪鹜聚求真味，盛者浮名，累者浮名，梦断青花一片馨。

蕨　麻

怜君朴质生贫壤，为谢春阳。不媚春阳，分叶初萌引蔓长。

红珊玉碗儿时样，聊慰衷肠。别有衷肠，本是蔷薇一脉香。

蒲公英

谁怜别母愁滋味，漂泊天涯。清露寒沙，却道随郎便是家。

不同飞絮无从系，自有根芽。翠叶黄花，常向田头垄陌斜。

苦苦菜

少年何事堪知足，常羡豪奢，唯慕浮华，每食无鱼便可嗟。

老来识尽人生味，甘也餍些，苦也安些，喜见田头正出芽。

鹿角菜

山川自古如斯秀，林野幽幽。鸣鹿呦呦，谷寂云深丹客游。

仙灵挂角非无迹，偶落环丘。便化珍馐，青翠堆盘几欲流。

采　蕨

六龙命降芳为甸，野蕨芊芊，其叶拳拳，可以馐吾荐玉盘。

香蹊忽转山歌艳，巧笑妍妍，人面娟娟，令我神迷兮忘餐。

金缕曲·勉友

君亦逍遥否？笑平生、眼空四海，得才余斗。看透红尘无涯事，莫做刘三走狗。勉相对、布衣缁袖。待到逸心难了际，负浊醪且去寻狂友。浇块垒，宜杯酒。

欣今自有东篱守。趁闲来、滋兰九畹，乐伦家口。应惜人身唯斯耳，须免牢骚太骤。把素志、留存于后。若见世间归暴政，再由君、拔剑西风吼。吾为尔、击离缶。

金缕曲·秋雪黄花

萧瑟无言说。见南天、青峰几簇，冻云千叠。行听秋涛声呜咽，浅濑浊流漫泻。谁记得、同春澄澈？柔骨可堪风栗冽，笑黄花、也学梅花洁。枝上恨，蕊间雪。

华年忽似惊鸿瞥。正苍茫、烟笼故垒，雾迷残堞。六出飞沾原非梦，已是周天寒彻。料不免、香消玉缺。若少黄花空对酒，念黄花、应解人凄切。金缕意，送花别。

金缕曲·冬晨别

侵面风犹冽。正熹微、薄云天气，厚寒时节。古道新霜留鸿迹，半是人间离别。凄凄共、鸡声晓月。我叹青山容色黯，料青山、怜我头飞雪。此中恨，与君说。

少年自负心胸烈。胆肝藏、青锋冷影，暗尘龙血。四十三春唯残锈，落拓江湖顽铁。见一笑、缨冠索绝。不论功名先载酒，问书生、几子堪称杰？星两点，尚明灭。

金缕曲·谢诸同仁饯别

世事堪言否？奈何它、沉沉幻海，浪凶涛骤。常恨人生如棋局，执子谁知其手？还须凭、余年参透。莫问青山归去处，总此身、落落风盈袖。倾别盏，味浓厚。

微醺忽觉西风吼。正映窗、半昏灯火，几条残柳。忘却流华宜称友，留取心魂相守。盼一笑、春鸿过后。隔座送钩难拼醉，谢诸君、听我狂歌侑。将进酒，尽余斗。

金缕曲·红崖村采风

风物堪言否？望阴晴、红花绿重，凤山青厚。指顾村亭名流久，苍树丹崖云岫，更翠色连绵碧透。俗事迭来如涛骤，勉觅闲、一日宜抄手。看童子，早恭候。

启轩已觉东风瘦。渐秋临、凉升露草，雾回烟柳。好趁秋阳开怀袖，我辈书生流后，莫论那青梅煮酒。学得平凡期天寿，捧陈醪、聊以新声侑。金缕曲，谢诗友。

行香子·银杏

蝶舞晴阳，目眩流光。过清冷、乱叶摇黄。春华谢却，再换明妆。正姿雍容，神潇洒，意徜徉。

轮回一梦，万古名长。自从头、见惯沧桑。人生何苦，朝露晨霜。奈悲秋风，听秋雨，唱秋娘。

满庭芳·立春日

水澈沙明，浪轻波缓，数丛霜树笼烟。玉华如练，千缕去云闲。谁望长安日下，空指处、漠漠辽天。宜怀感、夜闻归雁，乡思入新年。

谁怜，江海老，声中折柳，笛里关山。不堪听平生，别管离弦。莫道春衫可薄，看痕泪、迹酒依然。垂杨岸，西南风好，素手系乌鸢。

调笑令·杨柳春词四阕

其一

杨柳，杨柳，总道年年依旧。春来临水苍苍，千条万缕思乡。乡思，乡思，云外几行雁字。

其二

杨柳，杨柳，应折古今人手。关山边路茫茫，梅花羌笛断肠。肠断，肠断，明月清风孤雁。

其三

杨柳，杨柳，依依春风过后。剪烟双燕低飞，杏花故村雨微。微雨，微雨，润得乡愁几许？

其四

杨柳，杨柳，轻折一丝纤瘦。浅烟横黛愁眉，叶叶枝枝别离。离别，离别，长夜菱花鬓雪。

金缕曲·元日

忆昔春时节。正湖山、半空烟雨，无边风月。载酒行因林泉约，醇酎三杯微冽。醉不倒、玉山千叠。横笛莫轻离歌咽，为怜花、听落花飞雪。金缕曲，更吹彻。

今朝修得安心诀。检案头、三生故典，数篇《吴越》。千古悠悠英雄劫，道尽胸怀壮烈。细看处、潮平云灭。留待因缘龙华说，只拈花、一笑花清绝。身是梦，梦归蝶。

八声甘州·春雪

自无心处作有情花，玉树怒琼葩。值东风未竟，司神慵惰，春意些些。簇簇寒香冷蕊，不肯让芳华。更涤红尘净，万里清嘉。

为问殷勤谁惜？奈年来世味，凉薄如纱。纵平泉金谷，不见谢娘家！念明朝、仙踪何在，但澌澌流水向天涯。从君后，看千门外，新柳黄芽。

一剪梅·辛丑沙尘日

欲访春光无日闲，忽失云天，不见长安。鹅黄嫩粉倩谁怜？柳未成烟，桃未成团。

宅室浑浑唯解眠，身也绵绵，眉也蔫蔫。寸心还许一丝牵，那际高原，此际关山。

水调歌头·春雪后见梨花

才送梨花雪，又见雪梨花。织云雕玉，几簇旁逸一枝斜。恍似广寒仙子，宛若瑶池峨髻，新浴着轻纱。俊俏迎风立，馥郁满人家。

水思染，山欲黛，柳炫芽。年华暗换，辛苦何日是生涯。谁有平田半亩，由我布衣怀葛，亲手植桑麻。陶令能容否？不去哭长沙。

蝶恋花·夜行

行向清溪源上歇。万壑松风，吹动云和月。几许归人归念切，遥遥点点灯明灭。

雁去鱼沉难与说。为问人间，何处无离别？销黯春山销黯叶，梨花小院梨花雪。

离亭宴·忆别离

欲问归期难说，秋雨变为秋雪。隔阻云山家万里，黯断乡魂千叠。夜静启西窗，放入一钩残月。

愁恨总关情切，憔悴最缘离别。拟试梅花飞横笛，吹落三更寒彻。瑟瑟不成调，闲听蛩虫呜咽。

金缕曲·纪《洮州诗词》二百辑

艺苑花清绝。喜今朝洮州雅卉，竞繁争烈。唐宋风流弥时缺，曲曲新声激越。未辜负筹谋情切。常向吟坛寻故旧，问古音四海人谁悦？双百辑，蛹成蝶。

忘年挚友头飞雪。忆每期、词斟平仄，字评优劣。辛苦从来无由说，幸有诗朋共挈。与太白神游仙阙。闲约相知拼一醉，笑此生只爱风和月。二三子，不言别。

临江仙·关驿四韵

其一

关驿熏香软软，池溪流水淙淙。征尘夜笛子时钟。青山依旧在，明月不曾空。

世路犹多进退，人生常恨西东。何妨裘马换颜红。放歌聊自乐，纵酒邀春风。

其二

数啭莺啼迷炫，一池春水嫣然。小桥横截玉阑干。碧荷摇浅露，锦鲤戏清涟。

醉去千回仙梦，醒来几笔云烟。半疑天上半人间。青泥崖际雨，白石雾中山。

其三

不觉山中甲子，已忘身外春秋。孤眠客驿月如钩。暗香相入梦，兰桂自幽幽。

翩若惊鸿体态，暮为行雨风流。临分赠我凤鸣璆。觉来寻不见，恍惚使人愁。

其四

玉尺徽宣洮砚，秋窗疏影清茶。闲来漫笔好涂鸦。暗蛩鸣静夜，皓月透青纱。

逃俗不辞归隐，还真莫笑簪花。欣看关驿近人家。明朝寻里老，煮酒话桑麻。

虞美人·春山

淙淙流水溅溅泻，枕石松荫下。丁香脉脉逐风柔，吹过莺啼数啭谷清幽。

小蹊行尽奇峰现，几缕云舒卷。故人不去利名忙，却在乱山深处看斜阳。

虞美人·立春

斜莺微雨空烟远，杨柳丝丝软。遥思陌上采茶人，应见江南初发一枝春。

高原岭雪犹如画，霁色寒光射。地清无以看花红，聊记一年春讯待东风。

虞美人·春柳

春来池苑皆依旧，楚女纤腰瘦。长亭频见古人愁，曾折离怀别绪一枝柔。

啼莺乱把轻烟惹，婉转旋风榭。柳绵浑忘绮思微，飞向浓桃艳李戏芳菲。

虞美人·访隐

重山望处余浑廓，只把长烟锁。欲行前路已茫茫，忍对狂风疾雪舞回肠。

矮庐仿佛袁公止，更有寒相似。故人无意待浮名，归去云天隐隐数峰青。

调笑令·上元春词四阕

其一

元夜，元夜，最忆年年灯下。繁花千树竞辉，霓虹万点雪飞。飞雪，飞雪，飞上柳枝清绝。

其二

元夜，元夜，玉宇清泠如画。映波漾漾星灯，当空寂寂月明。明月，明月，羡看人间欢彻。

其三

元夜，元夜，处处琼楼丽舍。千门万户骈阗，长街小巷语喧。喧语，喧语，原是观灯归去。

其四

元夜，元夜，暗把春君相谢。良宵过后东风，惊雷声里雨浓。浓雨，浓雨，处处莺歌燕语。

唐多令·嘉峪关

寒日隐谯楼，孤怀骋远愁。六百年重作魂游。欲捧黄沙空一掬，看过往，指尖流。

驱虏万兜鍪，金戈耀塞秋，问荒尘白骨谁收？戍角不吹杨柳曲，吹明月，照边州。

鹧鸪天·又忆园里村

杨叶初开绿渐浓，山乡无处不东风。梨花未白桃花小，雀嘴方青莺嘴红。

溪边闹，柳前疯，村头稚子发蓬蓬。俯身试问何如许？道是回家气乃翁。

【散曲小令】

【正宫·醉太平】

无眠夜永，饮月樽空，心头些缕锁愁浓。桃花陌垄，翠绡香舞迷归凤。汉娥留佩原非梦，峡云不雨自西东。悠悠思同。

【双调·碧玉箫】

秋景堪夸，满目是黄花，光灿云霞。流水绕人家，轻烟笼远沙，疏钟起暮鸦。停晚枷，再把桑麻话。家，梦里也常如画。

【越调·寨儿令】

不为名利忙，不效接舆狂，闲来谱词三两行。看杨柳苍苍，喜云水茫茫，晓得那大块好文章。填成平仄何妨，吟余口角生香。长歌空玉斗，短调引霞觞。强，曲里也是仙乡。

【正宫·双鸳鸯】

大河东，乱山中，尽日黄尘尽日风。归雁不知关塞冷，行行依旧越长空。

【中吕·迎仙客】

杨柳苍，水天茫，隔岸风来薄雾香。雨丝凉，飞絮狂，欲堕还扬，袅袅随风上。

【中吕·满庭芳】

烟波钓叟，扁舟江上，风月悠悠，一船独载千岩秀。停了金钩，收拾起闲怀逸袖，望滩头飞鹭旋鸥。云归岫，得鱼便休，不向网中求。

【双调·折桂令】

谢春山春雨春华。看岫披轻纱，水绕人家，云树堤沙，青波绿鸭，杏蕊桃花。明月归人旧梦，清风品我新茶。日种桑麻，夜炒园瓜，兴味无涯。

重头小令【仙吕·后庭花】见长安

未央村

新麟旧馆游，废台雏凤讴。人炫前唐事，花繁故汉丘。问从头，千王何在？森森园木稠。

大雁塔

孤身万里行，千秋一烛明。高塔凝云冻，青砖叩雁鸣。寂无声，龙华归去，唯余译卷馨。

明府城

高城万里愁，长烟一望收。余日悬谯影，鸣禽绕角楼。叹悠悠，乾坤谁语？迢迢渭水流。

南内址

应时立四亭，沉香止一名。如面芙蓉俏，如眉杨柳青。地空形，空留文字，空闻霖雨声。

重头小令【双调·大德歌】治力关八景

莲峰传奇

玉京开，下瑶台，且看他袖风云叆叇，袂舞歌慷慨，亲手把山河锦绣裁，裁得那青峰隐隐芙蓉态，看人间遍地唱花儿来。

卧佛沐月

卧风清，沐霞明，原来是千秋眠未醒，一梦红尘净，却被他孤鸿暗影惊，只见那寒霜夜月人初定，独留我寂寞伴溪声。

冶峡秋色

鸟啾啾，谷幽幽，方叹西风如酽酎，醉赧了高峡秀，更哪堪吹寒涧底流！君且看霜林尽染云归岫，原来是千壑正清秋。

白石烟云

踞高巅，问苍玄，风来层霭卷，雾去奇峰现，只见那嵯峨势破天，常叹他藏云借雨怀芳甸，不停了千古起岚烟。

天池凝碧

雨霏霏，浪微微，池深春水碧，露润千岩翠，忽然间寒波映诡辉，犹疑是仙娥月夜留环佩，朝带彩云归。

花谷锦绣

烂云霞，接天涯，闻香宜驻马，载酒林泉下，乐陶然销魂满目花，正叹他山河锦绣难描画，一任我归去与人夸。

林海风涛

百灵居，瑞华浮，喜春来风过轻叶舞，雾涌松涛怒，云横玉带舒，况还有三秋素月林间路，更与世尘殊。

幽谷丹霞

聚芬芳，蕴清凉，耳边听涧幽流水响，谷寂闲禽唱，更见他丹霞沐晚阳，好一派浓红浅翠光摇漾，直疑行处是仙乡。

【越调·寨儿令】归人

节促春，雪缤纷，声声夜笛归远人。岭上山村，村里柴门，门外候双亲。几番离索乏身，一怀萦绕乡魂，年关惊旅枕，冷月见啼痕。奔，家酿洗风尘。

【越调·寨儿令】嘉峪关

百代愁，寸心收，英雄古今同水流。销尽兜鍪，忘却恩仇，不见故魂游。黄沙千里边州，西风一夜残秋。长云浮雪岭，寒日隐谯楼。休，往事恨悠悠。

【双调·碧玉箫】山海关

秋晚榆关，只见海连山，峰冷波寒。龙首起潮滩，红巾秉节竿，降臣竖素幡。弹指间，都作风云散。看，换取书生叹！

【中吕·满庭芳】雁门关

龙蟠雾巘，尊崇九塞，雄列三关。琵琶怨曲悲辞汉，曾送红颜。一两字西风过雁，数千年凌雪旌竿。登临看，谷清月寒，不见古人还。

【双调·得胜令】居庸关

三月净空霾，万里冀天开。关锁京华近，狼烟故庶哀。胸怀，自古常慷慨。云台，沧桑曾见来。

【双调·折桂令】秦长城

风吹岁月成沙，湮去悲笳，种下桑麻。不见秦皇，无闻姜女，只遍人家。史泪盈盈欲洒，生民息息堪夸。拼取繁奢，留住清嘉，兴我中华。

【正宫·塞鸿秋】明边墙

望中唯见遮山雾，行来遍是蚰蜒路。秋风飒爽吹晨露，边墙寂寞无言诉。英雄何处眠，生死何时悟？伤心且问前溪树。

【南吕·骂玉郎带过感皇恩采茶歌】杨柳

怜君底事常纤瘦？忍见古今愁！伤心最是清明后，晓岸风，别舍笛，红绡袖。［过］木满汀洲，棹落矶头，柳堆烟，沙栖鹭，水旋鸥。衣间渍酒，客里春秋，念楚腰，怀孤旅，系行舟。［过］丰姿幽，绿丝柔，千条万缕舞风流。往日依依犹记否？重来不似少年游。

【南吕·骂玉郎带过感皇恩采茶歌】丁香

轻烟细雨林泉秀，入壑问深幽，一溪碧浪孤峰后，人噤声，莺语枝，云出岫。［过］片片风流，缕缕香稠，绿茵滩，白沙岸，紫汀洲。空山寂寂，啼鸟啾啾，水清泠，花依约，雨绸缪。［过］雅姿柔，逸心悠，红尘几度总回眸。为谢年年相信守，不辞花下作芳囚。

【南吕·骂玉郎带过感皇恩采茶歌】探春

临河二月春潮动，欲待赏花红，遥思已把春心咏。趁意游，看燕传，听莺讽。［过］染遍青松，唤起寒虫，半天雷，三更雨，几辰钟。鹅黄渐重，鸭绿方浓，柳娉婷，人依约，木葱茏。［过］地溶溶，雾蒙蒙，一程山水一程风。草色茵茵才上垄，声声布谷翠烟中。

【南吕·骂玉郎带过感皇恩采茶歌】春思

十年夜雨江湖梦，久在醉醒中，唯余点鬓吴霜从。前路穷，衣袂空，心潮动。［过］行也匆匆，念也重重。乱山间，长别后，大河东。归鞍未控，去意常浓，倚危栏，思孤凤，忆春容。［过］晚亭钟，柳丝风，斜阳影里小桃红。欲寄韶光知驿永，化成诗梦与君同。

【仙吕·一半儿】春寒

未知何事妒春工，不忿春来春更浓，一霎吹寒花下翁，落梅风，一半儿红颜一半儿空。

【正宫·小梁州】洮州

前唐故垒陇边秋，望断吟眸，青峰不尽雨云收。光阴久，往事念悠悠。〔幺〕天生一派江山秀，有英雄百代风流。碑损残，城荒瘦，空余洮水，依旧绕寒洲。

【双调·沽美酒带过太平令】春游

春催细雨流，春摆柳丝柔，春半顽皮春半羞，虽羞他燕啾，却戏得水碧山秀。［过］春也见花开还骤，春也闻鸟语秾稠，春也到湖光明透，春也笑游人俏瘦。一叶舟，数点鸥，且休，愁的是黄昏归后。

【仙吕·太常引】村趣

青山横底小桥西，几处柳烟迷，一树乱莺啼，三两簇桃花傍溪。〔幺〕东邻讨酒，南村赖宴，扶杖醉归迟。此翁也不管高低，且趁此春光忘机。

格律诗

【七律】

秋风七韵

一

未许红尘得意长，繁华梦里换星霜。
凝云久抑千山黯，冷露重侵百草苍。
几日花同人瑟瑟，三秋雨变雪茫茫。
白杨不失生来骨，正啸西风叶半黄。

二

辛苦还怜千树枫，忙描山色染羞红。
林前清水翻明浪，叶底乌鸫唱晚风。
暮景招摇堪着眼，秋思漫灌不由衷。
登高一片空销黯，应与当时宋玉同。

三

浮生何处可称家？三径重开就菊花。
小字平笺千里意，秋风夜雨一杯茶。
泥炉常沸甘泉水，衣架久无遮帽纱。
坐拥青山共明月，故人不用羡吾奢。

四

斗柄南横日月浮，山形未遏水东流。
三朝奇气洮阳垒，百代风云故国秋。
销铁宜从文物看，残烽可向史篇收。
幸今四海无龙战，不用书生侍列侯。

五

欲问风云辨古今，急江高峡亦千寻。
独山枕水龙蟠出，一叶惊秋鹤唳深。
村落炊烟催晓暮，洮河细浪自浮沉。
冷枫斜照空林色，柴犬声声吠树荫。

六

一枕沧桑亦谓仙，人生何事不堪眠？
放归身与蜉蝣老，留取心同日月悬。
草木有情伤冷露，山川无意惹寒烟。
秋风好趁华胥梦，直到醒来已雪天。

七

金风万里作函催，鹤唳高秋气概哀。
影共霞光孤日下，声随雁阵数行来。
凋梧早失留仙叶，霜岸应无印迹苔。
人道潇湘明月在，宜当振羽莫徘徊。

惊蛰别

划地东风逐浪开，云浮雾卷数声雷。
惊飙动处春潮涌，蛰梦醒时花信来。
浅草初莺怜望眼，轻烟软雨劝离杯。
应知此后相思意，长向孤庐听落梅。

山中

野性从来未忌闲，好将云水入忘川。
江生细浪浮青廓，雨罢春萝起绿烟。
明月还须三盏酎，清风不费一文钱。
山中若遇坡仙老，莫笑簪花学少年。

读剧四首

《桃花扇》

久锁重阴作卧游，山河烟雨掌中收。
佳人才子千秋恨，明月江梅一梦悠。
墨字空传儒圣道，丹心还逊女儿流。
桃花扇底南朝事，愧杀无涯万户侯。

《长生殿》

火树银花作乐游，汉家天子不知愁。
歌残阙月难为宠，舞破中原始肯收。
翻案文章身后起，亡唐祸种自心求。
长生殿里闻私语，大事何曾与妾谋？

《牡丹亭》

复梦临川意未休，风流笔下说风流。
愁莺恼燕伤春切，殢雨尤云入幻幽。
原是香魂消后约，无非富贵殿中求。
牡丹亭上三生路，何世芳华得自由？

《西厢记》

四海同为异族囚，虏尘影里幻风流。
衣冠文物冰消尽，才子佳人梦不休。
正角音容犹有俗，红娘形象却无俦。
西厢记罢西楼寂，空见云纱挂玉钩。

咏 雪

一念轻灵浊梦稀，初回天地已忘机。
寒山有意笼烟隐，真水无心化雪飞。
金谷楼台空散洒，竹篱庭院独纷霏。
谢娘别后知谁惜？云海苍茫任我归。

踏雪偶感

欲回天地两茫茫，聊裹风裘入羽乡。
印迹寒林知有信，缀枝飞雪恨无香。
人生几度留鸿爪？名利千秋笑楚狂。
试看云山归隐处，一山快意一山伤。

晴　云

深澄万里海无波，云化蓬山势崄峨。
或跨青鸾朝玉阙，还看素女浣星河。
天为暮色游仙戏，地和秋声楚凤歌。
我欲因之乘鹤去，不惊太守梦南柯。

红　叶

正把青天作幕台，数丛红叶入望来。
胭脂染就秋风色，碧翠凋应玉露才。
恬淡名心随意立，横斜晚照学花开。
笑迎故国千山雪，催发冲寒第一梅。

再游长安

零袂残巾久涴尘，长安客里未羁身。
灞桥老柳丝丝绿，西风新醅口口醇。
汉月秦云千载路，唐风隋雨满城春。
去年花径寻常见，今日啼莺不识人。

秋 思

湖山行遍未知愁，谁信惊魂一叶秋?
堕地才怜枝上好，老来方觉少年优。
风催白苇晴烟岸，雁落平沙晚幕洲。
萧瑟光阴何处恨，无非寒水与心头。

枕　石

信把人生作壮游，行过春夏又逢秋。
临池忽觉风荷老，持酒空吟岁月稠。
堪使小虫登阁唱，何须大事与君谋。
闲来枕石松荫下，耳畔泠泠浅濑流。

除夕口占

信手拈来不说愁，聊将旧事一诗收。
浮名未就文中虎，辛苦尤为孺子牛。
世路难成鸿鹄志，俸钱堪慰稻粱谋。
人生得失原分半，幸有云泉约自由。

元日口占

千门攘攘庆春来，知是乾坤一气开。
世事看时多变幻，人生过处几欢哀。
诗中亦可存前志，江北犹堪发早梅。
待到寒香初溢远，定从阡陌探惊雷。

说　虎

世人纷说兽中王，未必扯旗谋裂疆。
哪得北廷穿衮冕，何曾南面拜狐獐？
逡巡仅为寻獾兔，啸吼无非饿肚肠。
本是生灵缘造化，不劳汝辈冠堂皇。

冬奥寄望

铸剑为犁是一家，且缘冰雪舞京华。
鸿姿又见翩然起，盛誉先从倍切夸。
汹汹疫情沉似海，纷纷时局乱如麻。
愿将众志凝甘雨，洒向寰球净浊沙。

人　日

人生渺渺似飞花，坠入东西南北家。
金粉污渠同一梦，前尘今世隔层纱。
手头细事堪抓稳，身后夕阳已觉斜。
即使诗成三两句，犹能不负此繁华。

元　夜

老树无花亦未名，瘦枝犹可挂琼英。
晚斜恰对西窗炫，意趣堪为史海行。
陈籍翻余千古暗，华灯映得一时明。
原来盛世逢元夜，聊向尧天看炮声。

抱病入新年

起看夕日锁寒烟，沉睡昏昏又一天。
重味旧诗辞旧梦，奈添新恙入新年。
身如老树清还瘦，岁比飞轮转复圆。
了过纷纭多少事，眼前不变是山川。

秋登东明

无非官廨与私楼，倥偬年来事不休。
拟就白文稀白发，浑忘青眼对青鸥。
东明槛外黄花老，西风山头急雨收。
行暮方知光景促，登高已是海天秋。

贺《洮水流韵》付梓

淮骑梅花见傲霜，继园味雪亦肝肠。
丹心可咏洮州子，墨字曾吟故国伤。
百代沧桑传韵脉，一朝灿烂涌诗章。
捧书不掩区区意，尽在欣登大雅堂。

羚城夜雪

团团絮影舞窗纱，空市无人忽静奢。
惊梦书生愁客舍，飘灯夜雪作飞花。
凄凉感遇唯留憾，自在随风不觉斜。
愿共冰心传玉宇，同回千嶂那边家。

归途见月

远村星火渐阑珊，山郭无声托玉盘。
人世几回春梦热，凌霄一夜月霜寒。
云中空慕相望冷，客里遭逢不息看。
若得琼楼飞雾袖，轻歌曼舞影团团。

浇花偶感

去后空愁山水长，来时已见叶斑黄。
犹存绿润三分色，还惜苍衰数点伤。
草木葱葱缘雨露，人生耿耿自肝肠。
清流汲汲为君施，世路知无乞施方。

宅家偶记

絮云淡月影团团，倾斗斜河夜寂寒。
山线连绵归混沌，户灯明灭渐阑珊。
开窗始觉秋风老，禁足不知霜叶残。
幸有微屏堪寄语，为亲十里报平安。

疫中居家偶感

欲共秋风赏晚光，瘟君不忿我衷肠。
黄花有意空山老，寒雨无人独夜伤。
清景枉传千种异，红尘怎禁一虫狂。
平时迟觉青囊德，遇此艰难感药王。

村　晚

山头落日半轮多，天际浮云接海波。
越谷空声传牧唱，临崖劲草对风歌。
炊烟起处祥如许，野鸟归时意若何？
篱菊生涯原是梦，高楼白发叹蹉跎。

登　高

秋风扶我上高台，爽气澄清万里埃。
沧海无波云浪细，迭山沃雪石门开。
自然有信凋霜肃，人事无名见疫哀。
好把苍生勤护惜，应知大道总轮回。

登西安城楼

未见东来渭水流，闲看夕日挂谯楼。
几回梦里秦关月，不尽望中汉苑秋。
南岭苍苍云寂寞，北原隐隐雨绸缪。
沧桑读懂无言语，聊共西风作乐游。

送高众老师归京

西来万里别京华，意送东风入藏家。
雪岭曾痕名士屐，洮州遍圃凤台花。
云中碧树千秋默，窗外青山一脉斜。
空对壮行无以赠，唯余夜雨与清茶。

送刘玮老师辞归

龙蛇疾走洒风烟，曾占当时鼎甲先。
笔冢成前追法素，墨池干后笑临川。
离家逐梦犹年少，拂袖归乡正誉贤。
我替洮州怜俊逸，思来扼腕一潸然。

秋谒妙华

夕影天光片镜收，妙华不让旧风流。
白云飞上芙蓉俏，金叶凋余碧玉幽。
此日心情伤冷露，他年意气逸高秋。
我今须向红尘去，欲把江山载一舟。

咏怀古迹洮阳古垒三首

一

阳断东流一脉斜，寒江冷雨洗云纱。
风烟尽逝盛唐垒，晚菊丛开故国花。
雄峙山河非虏道，勤耕村寨是人家。
行来未见勋臣冢，高树千秋有暮鸦。

二

独立山南百尺楼，浮云还似古时秋。
黄花有意开荒垒，故冢无心作废丘。
虏骑由来窥上国，孤城依旧锁中游。
于今不见凌烟阁，万世情怀化逝流。

三

三千铁甲锁襟喉，屏障中原五十州。
忽撤骁军扶北阙，空留孤垒枕东流。
关河一一供强寇，虏骑纷纷出下游。
徒令故臣嗟叹处，盛唐气色已残秋。

雨中登西凤二首

一

高原冷暖异中州，总觉轮回晚半秋。
才把碎花妆绿野，却将寒雨锁清流。
千丝落地千珠乱，一脉萦怀一晓愁。
且启灰橱藏薄服，聊披夹袄上西畴。

二

蓑衣刻意入苍茫，细雨无须笑我狂。
坐井从来轻大块，蜗居自古老儿郎。
登峰始信山人少，拨雾方知云径长。
为借清风开冷眼，要看世路九回肠。

春登洮阳城

重临故垒吊风烟，何必东流哭逝川？
千古兴亡由一笑，三生夙梦问孤禅。
曾持吴越新霜刃，断未潇湘鹏鸟篇。
造化犹如花渺渺，还留自在望云天。

登　高

金鳞万点竞豪奢，江浪云根坠日斜。
九塞秋风惊暮叶，一川烟水笼寒沙。
乱山千叠来时路，归雁三行何处家？
无限登临游乐意，尽悲摇落似芦花。

循洮东行

行遍洮流十二川，一川村落一川田。
春山有意横青幛，新柳无丝不绿烟。
碧岫隙中云缕缕，桃花香里蝶翩翩。
探知雨后风催爽，携酒重来看雨天。

探　春

初访春光二月中，青帘翠幕渐蓬蓬。
雨溶垂柳千丝绿，风激飞花万点红。
三径啼莺深树里，数家流水小桥东。
行来欲借闲庐驻，草木山河一梦同。

盼春二首

一

春潮二月绿江南，何似高原一片蓝？
万里天风清玉宇，千山幽壑舞晴岚。
好将逸兴随心起，莫把韶光共酒耽。
谁许乾坤呈妙手，偷来桃李醉临潭？

二

画工着力换新颜，遍染黄尘万里山。
九派浪涛龙跃去，三春花信雁鸣还。
但凭暖日消融雪，更待良辰免坐关。
且看东风无限意，尽归桃叶柳丝间。

书　愤

掌中天地风雷动，窗外空衢霓影长。
遽失千门歌盛世，忍看举国起仓皇。
三城鬼魅迷黄鹤，四海英雄赴汉阳。
从此宜将毫素掼，百无一用是文章。

步韵毛主席《送瘟神》

从来国计万千条，凝聚民心自舜尧。
共驾神舟迎巨浪，齐担道义化金桥。
疫瘟败去灰旗落，雷火胜归赤帜摇。
一派浊流成过往，元宵庆彩向天烧。

雨中登白塔山

忽闻春尽始登楼，雾锁长河第一州。
山雨空蒙迷碧树，江涛婉转绕金瓯。
飞声数啭黄莺梦，落迹千行墨客愁。
终有微名铭著石，无情依旧水东流。

哥龙峪

——宋擒鬼章种谊奇兵夜出之地

疑兵奇计发洮东，气象原来掌股中。
学士未成和敌论，将军已就缚酋功。
留书几处文词异，冷眼千年日月同。
百世遗民还右衽，江山无语念种公。

再回园里村三首

一

江湖何处忆曾游，二十年来又值秋。
老树村头寻梦远，桃花源里探蹊幽。
难期四海云中隐，复向三生路上求。
莺啭一声山水碧，石门依旧锁寒流。

二

故人曾向故村游，灼灼春桃满地头。
傍柳随花家百户，依山临水麦千畴。
书生白发樽前老，墟落泥沙湖底幽。
一饭妪翁何处去，西风吹泪古瓜州。

三

峰入清涟水静幽，鉴临华发慕扁舟。
江山映画犹千古，人世回眸已半秋。
急趁流光寻近景，宜行缓桨卧中游。
从来贤圣俱飘忽，唯有沧波不可收。

南望洮阳古垒思宋擒鬼章事

古今形势造英雄，千载皆称种相公。
谋略若输青宜结，山河岂属紫宸宫？
四围起伏云天外，九派通流指顾中。
盛世又逢晴好日，欣然林下快哉风。

再登白塔山

光阴倏转几春秋，复上金城第一楼。
山雨空蒙消暑酷，林风飒爽却余愁。
望中白塔云初绕，槛外青岚霭不收。
淘净红尘无限事，浊沙还与水东流。

与张、王二友探八竜池

闲同俗务本无关，我辈生来会趁闲。
琐事几兜还浊世，逸心一抱上青山。
鸿飞渺渺潭千载，草秀盈盈水半湾。
指点沧桑今古处，斜晖缕缕透云间。

夏日从八木墩直下洮河

正入层峰叠巘中，行深十里景难同。
千秋故国千秋垒，万壑松涛万壑风。
云化鹰翔窥旧塞，地交龙伏距边冲。
山川奇气曾钟此，可有英才后李公？

山雨二首

一

时雨丝丝透我裳，俗身处处沐清凉。
忽浇颅顶魂千转，顿觉浮生梦一场。
自始未堪成走狗，于今无奈作牲羊。
何由只向山中去？为借风烟洗胆肠。

二

野老生来性乖张，蓑衣爱着入苍茫。
随他翠柏云中隐，共我幽兰雨后芳。
白露还醇陈酿酒，清风可饱冷肝肠。
凭谁寄语求名者，能否归山醉一场？

秋 晨

金风着意染西畴，初老光阴一寸秋。
晓唱声声随雾散，轻云缕缕御空游。
人趋晨野闲行步，我对吟笺闷挠头。
楼外繁华如是好，却无余兴下高楼。

七夕趣问

人生最碎家中事，可给神仙出怪题。
应许拔钗泥买酒，曾将举案对扶犁。
灶头常怨柴和米，眉眼也争高与低。
为问星河双眷属，何如世上老夫妻？

讲课有感

道故论经其若何？管窥言语自嫌多。
忧成八股君烦困，恐惹三家鬼琢磨。
好把篇中千字凑，难期郢下数人和。
洮阳古有英殇在，毅魄归来共我歌。

兰合道中偶成

北塬浑廓乱云飘，卷地风流影动摇。
银月金琉人午课，寒烟霜树麦新苗。
青锋锷上光犹黯，大夏源头魅未销。
阿阁应知无鸑鷟，还须此去对鸱鸮。

尕海湖冬雪

雪沃高原径不开，天垂四野接烟煨。
千峰迤逦如龙去，片海澄明化镜来。
越脊风流云散乱，浸湖影动鸭徘徊。
遥看彼岸苍茫处，青白河山一线裁。

玛曲草原四首

春

白野茫茫暮霭收，长河九转似人愁。
魂惊旷廓无毪帐，步滞衰羸有病牛。
晴日方才融朔雪，春风应已入偏州。
君看向暖山凹里，翠色盈盈几欲流。

夏

山连草色水连空，天淡云闲浅醉风。
鹰唳苍茫青脊外，人歌浩瀚绿茵中。
九州景物千秋异，四海江河一脉同。
首曲偶逢年少语，汉家原是舅家翁。

秋

澹澹当空玉玦悬，流光似水野茫然。
千家晚火归庐帐，一夜霓虹照幕天。
袖舞鸿旋人入醉，唇歌燕啭梦生烟。
谁知此夕无声月，几处如钩几处圆？

冬

趁夜犹寻水一湾，此生难得此清闲。
长星远火垂平野，素月轻云满雪山。
塞雁未归天外影，世人谁驻镜中颜？
宜支牧帐黄河岸，不醉春风且不还。

过土门关四首

春

阅尽平庸入绮华，中分一水数峰斜。
山沉碧透江流影，雾接苍茫雨洗纱。
刻意春桃留过客，无心醉眼见人家。
风帘在望疏林外，叫待酥油半碗茶。

夏

千山洒落月如霜，化作银鳞满夏塘。
娇态疏疏溪柳动，繁香脉脉岸花狂。
星光渐尽河州道，峡影漫延藏汉乡。
忘却营营多少事，斯时夜色正清凉。

秋

万古青峰沐雨眠，飞溪越壑水溅溅。
凝成故地千山雪，化作归心四海烟。
绿树简居宜驻我，疏篱平垄可耕田。
闲看打叶潇潇处，不尽秋枫绚欲燃。

冬

一夜青山尽白头，冰河冷涩水难流。
村夫惧扫门前径，野客偏兴世外愁。
宜对火炉开旧酿，可披冬氅入扁舟。
看穿混沌无言语，何处飞花不自由？

春夜自警

小院深深夜倚栏，笙歌断尽漏声残。
霓华烁烁辉衢寂，月色溶溶入户寒。
有染红尘宜振服，未酬壮志莫弹冠。
镜前白发休空恨，一部春秋且细看。

暮秋早行二首

一

初曦未破夜朦胧，四野犹眠大梦中。
半幕青天云似马，千山岭壑路如虹。
悬空冷月非盈月，射目酸风是晓风。
试望苍茫东海际，朝晖一抹始凝红。

二

因他世事总匆匆，故沐寒星逐晓风。
几点凄凉天际外，一丝惆怅梦痕中。
羞追俗利随趋鹜，愿弃浮名化逝鸿。
何处青山知我意？烟波江上寄蓑翁。

东明秋暮

孤幡翻卷一竿风，吹动浮云散净空。
在望东明秋色里，旋归西风暮烟中。
余年每叹流华晚，残照犹怜幼菊红。
为问山头如璜月，玉人何处启帘栊？

莲峰神韵

二水襟怀玉睡莲，红尘谪落一飞仙。
空山寂寂行云雨，碧海深深敛紫烟。
夜月寒霜人定后，秋枫白露未明前。
青鸾不至瑶台信，暗恨偏生绿黛边。

过扎尕梁

云山北峙野苍茫，伏岭连绵浅草荒。
雪压塬头浑一线，风吹雁阵乱三行。
数声梵唱青天外，几树幡扬古寺旁。
落日孤村归牧晚，儿童学算指牛羊。

莲

红尘玉露出青莲，不染凡泥质若仙。
每见浮华成浊梦，常将倩影濯清涟。
花开九品通空觉，叶种千因广慧田。
且看池中真色笑，芙蓉一朵一超然。

春日述怀

青山自在添新意，岸柳优悠着绿袍。
急雨奔流千壑水，惊风突起一江涛。
时轮日月人为蟪，物换春秋气捉刀。
任己胸怀空似海，由他世事细如毛。

道 中

云淡天高人渺渺，风清地阔木萧萧。
寒鸦乱点栖村树，野鹤惊声唳碧霄。
只影谋生家万里，孤身去就路千条。
秋霜染鬓思离恨，春酒当歌慰寂寥。

重游石门峡

劈破金门纵激流，洮河北去万山秋。
一轮日自峰间起，几缕云趋岭际游。
高峡堤横宜殢雨，平湖水静可行舟。
廿年物事沧桑处，意气书生已白头。

春日九甸峡至石门道中

二十年头旧地游，湖光峡影数春秋。
石门虎峙吞烟雨，铁锁虬横束激流。
浅草初争黄土岭，轻莺早据白泥洲。
儿孙北徙柴篱废，妪老闲耘未主畴。

大雪日咏雪

低眉累牍不知年，忽见楼前雪漫天。
西风尽迷沉五岭，东明深锁失三川。
高衙又遇淳于醉，陋巷难寻任令眠。
放眼滔滔皆俗世，问君殷切为谁翩？

冬至感怀

三千万里阅天游，弹指人间一岁稠。
大道不拘蝼蚁事，苍生须为稻粱谋。
管中学问难知理，杞市肝肠自作囚。
放眼衣冠皆碌碌，胸怀哪得后先忧？

立　春

粒舟星海自遨游，值此轮回又一周。
残雪渐融洮水畔，新烟复上柳梢头。
冬春止始缘光影，诸业兴衰靠远谋。
村老应知农事近，扶槽趁早飨耕牛。

春雪阻归

线风惊梦五更残，无计春寒是独眠。
欲散离愁眉额际，偏收雪色牖窗前。
银纱漫覆山千帐，青黛工描水一弦。
何日归兮何日聚？也由尘事也由天。

牛头城怀古

塞角边声已渺茫，凭高怎寄古今伤？
梦空梦遂山川寂，人去人来客主忙。
落日残烽塬上麦，西风废堡垄头羊。
生民岂意兴衰事，不绝千秋是此乡。

红军过洮州

劫数洮州罪独裁，卅年黎庶尽鸿哀。
千门古镇无烟火，十里长街染绿苔。
人道工农风暴起，星传民主雾云开。
东方绚烂霞光下，一片飘扬赤帜来。

瞻仰洮州会议纪念馆忆朱老总

城隍不祀纪元戎，因解民悬最足功。
正道沧桑龙血黯，山河鼎定国旗红。
繁华尽沐清明雨，恶俗还防渎贿风。
且拾初心勤拭问，可藏污浊愧朱公？

春日戏题

老来不敢说相思，却把相思体味之。
休对痴人道痴语，聊斟新酒谱新词。
心情凋似三秋树，鬓发衰如二月丝。
可惜春风杨柳色，繁华落尽有谁知？

唐洮州城故址怀古二首

一

危崖好似望江楼，聊此登临一望愁。
红叶青霜来促促，白云苍狗去悠悠。
洮河九转羌边梦，唐垒千回汉塞秋。
承尽古今无限意，黄花瑟瑟满濒洲。

二

山河一望莽苍中，关锁洮流古不空。
后阕新词翻后主，西平宝剑吼西风。
醉歌君相曲江畔，闲老英雄陇坂东。
百世筹谋从此绝，万年乡里夕阳红。

李家坟

洮州控踞陇西雄，名宦高闻李达公。
遂向边羌传政化，便教冷塞沐春风。
诗书百代人才秀，禾稼千山杏雨融。
慨叹于今无庙祀，空留草冢翠烟中。

春　迟

春风空拂一枝斜，二月迟迟是故花。
新发蕾芽还小小，旧留茎叶尚沙沙。
闲行古阁惊栖鸟，怅送晴辉映落霞。
陇外清寒天地阔，燕莺何处认人家？

分韵得“冬”字次日春分方就

一番夏去又秋冬，春色重来尚未浓。
阿子滩前前代柳，牛头城后后人松。
座中有酒堪微醉，囊底无诗总不恭。
凑得七言方半就，东明山雨已溶溶。

春到洮滨

冻雨凝云两不休，临河始见柳梢柔。
怯寒畏雀无红萼，趁雪犁田有铁牛。
山隐青茵容淡淡，痕留白石水啾啾。
春风迈得悠闲步，哪管春心似急流。

【七绝】

记忆中的乡愁　诗话洮州端午六首

龙舟竞发，米粽祀江，那是洮州人遥远记忆中的端午。自明代衣冠西来，欲竞无舟，欲祀无米，但仍忘不了江淮云水，将之化于生活点滴，遂成故乡特有的端午风俗，有些已被人遗忘，回思起来，淡淡的诗意中，何尝不是浓浓的乡愁呢！

一别江南七百秋，忆中何处有龙舟？
乡愁浑似珠千斛，洒向洮河日夜流。

插　杨

洮州五月，杨叶始展，一片新绿与几点鹅黄共妍。端午前日，攀杨折枝，自是儿童们的乐事。扛归后倒插门头，婆娑户楣，春天的意蕴，节日的气氛，就在那片片绿叶中泻出了！

春意还从五月求，一枝新绿掩楣头。
昔时年少无乡梦，今梦江南是故州。

盥　露

端午晨早起，大小孩子相约出门，向山中清幽处，掬麦苗尖露水洗脸，顿觉尘垢涤尽，一时做了神仙。不知其俗，传自何时，意之何求，但个中深味，醇醇如酒！

手捧珍珠泻指流，一丝清冷入心头。
谁留烟雨山河梦，徒令洮州儿女愁？

撷 兰

端午清晨的雾中，隐约可见一朵朵马兰花，娉婷，婉约。折一束捧在手中，携归插入玻璃杯，再润之清冷泉水，供之堂屋正中案头。在一缕缕淡淡的香气中，故乡的端午，呈现一派清净和优雅。

色怜青白意怜幽，脉脉寒香几欲流。
本是仙姝滋九畹，何由绰约在洮州？

寒 食

端午的饮食，自有冷素之传统。葱花凉面、凉粉，面、粉如玉，菜油如翡，葱叶如翠，已是一幅画。小麦甜醅，便是故乡的雄黄酒，而若有一碟酿皮，更是不知人间天上了。

洮河未可竞龙舟，空解斯民千古愁。
祭奠忠魂无限意，还从寒食冷浆求。

赛　神

若有幸赴新城，端午淡雅的氛围，立即被赛龙神的热闹取代了。各式仪仗自不必说，且看那瞧热闹的人群中，“西湖水”的长衫，白布手巾辉耀着蓝天，七百年来的一缕乡愁，诉之于无言。

最称多情是此州，犹将英烈祀千秋。
君看端午龙神会，豪气干云遏北流。

莲峰耸秀

九瓣花开春色浓，瑶池滴落玉芙蓉。
君看六月逢莲会，山一重兮歌一重。

石门金锁

造化功成几度秋？石门高峙雨云收。
谁将小庙为金锁，欲束洮河日夜流。

冶海冰图

一念灵明与众殊，千秋寂寞守平湖。
池龙应具丹青手，聊把寒冰作画图。

桑科湿地四韵

一

水色天光一镜同，吹柔镜面皱清风。
白云定是多情故，怀抱青山入画中。

二

鉴里青山一黛螺，縠纹细细鸭浮波。
隔湖隐隐闻天籁，原是清风送牧歌。

三

红掌分开一水清，俯看山雪入湖明。
留禽颇耐高原冷，不向江南作惯行。

四

盈盈海子若凝眸，云影天光一盼收。
忽得高原青眼顾，山河与我共风流。

咏袋鼠

惯技原来是跳梁，蝇营仅为饱私囊。
只因域内无狮虎，鼠辈犹堪称大王。

虎年寄语

三愿虔陈与上苍，瘟君灭迹赤旗扬。
九州不见牛衣客，宇内欣无虎大王。

观太空授课有感

师道从来以学成，杏坛绛帐古今名。
青霄授课言难信，且听浮槎女史声。

雪中送别

座中从此少诗狂，空送诗名与他乡。
不见云山横亘处，唯余一片雪茫茫。

急　雪

卷地狂飙渐势微，乱旋鹤羽已纷飞。
笠翁虽老身犹健，雪野留痕自杖归。

秋 夜

梧桐疏叶点清秋，有月升来伴客愁。
洒落斑斓皆是恨，并非独我怨西楼。

年会分韵得“如”字

兰亭雅聚意何如？险韵诗成道不孤。
数载未通平仄法，凭君一语灌醍醐。

长颈鹿

玩物生涯应感伤，栏中日月恨漫长。
终然颈项犹高矗，不望青刍望故乡。

出租车（新韵）

衙多官轿恨高低，路见滑竿复太息。
幸彼准平容庶众，我行君赚两相宜。

元　夜

聊将彩炮作惊雷，唤醒高原化雪开。
等待春风无限意，霓虹还上树梢来。

春　雪

除馆横斜未发梅，几枝疏落入窗来。
东风不待苞芽浅，乱挂琼英一夜开。

道中偶感二首

一

迟来梦觉因行缓，老去思空却疾缠。
烟雨峰前山水绿，莺啼一断一潸然。

二

纷纭万事不知年，每把诗词作忘川。
忽见山中春水碧，谁遗别泪一泓然？

庙花山村

山势芙蓉地势盆，妙华依水现新村。
初心但把民心铸，便化春风入户门。

游慈云寺得“木”字同题二首

一

清荫手植成嘉木，禅院深深风动竹。
惊落庭花一杵钟，余音渺渺回空谷。

二

斜阳影里千幡簇，穿叶香来风簌簌。
因得浮生惬意时，归迟唯恨光阴倏。

初夏小景

细雨清风绿柳斜，岚烟刻意隐山花。
循馨偶至青溪尽，一树丁香立岸沙。

将军山

揽雾依云自在眠，沧桑一枕不知年。
烟消万古红尘事，始信青山是睡仙。

莲峰夕照

小憩方知夕日斜，芙蓉浴影披金纱。
琉璃不耐红尘扰，飞上青峰锁晚霞。

端午二首

一

又见廷前舞袖长，千秋愧对屈公伤。
沉沉雾锁浮华地，大梦昏昏仅楚王？

二

英名岂只楚骚长？魂魄精诚是国殇。
斑竹空余千滴泪，龙舟竞发向潇湘。

壬寅春高原沙尘

浮沙万里说春迟，且禁春心静待之。
试看清明三月雨，鹧鸪声脆正农时。

【五律】

小气候

云翳遮浮日，霾烟锁不开。
青山犹一线，寒水已千回。
鸷鸷潜丘壑，鸱枭笑凤台。
何从惊大梦？只手接天雷。

闲 居

临岸居风榭，依痕碧水生。
观花明一朵，听雨夜千声。
聊以华胥梦，来从落拓名。
晓山烟未敛，宜向晓山行。

春日二首

一

信步流中渚，寻芳倚旧亭。
烟凝江岸碧，雨润柳丝青。
影入蓝萍水，绵飞白蓼汀。
春风思笛怨，惜取一枝馨。

二

胜日东风畅，朝晖布燮阳。
雁栖流畔渚，鸭寄柳边塘。
老树生新绿，垂杨吐嫩黄。
桃花才照影，入梦亦清芳。

道中遇雨

云翳天光晦，风趋岭外催。
人疑山际雨，雀竦柳头雷。
烟水迷江渚，春潮浸岸苔。
峰回皆不见，粉杏一枝开。

少年游

晴明风剪剪，年少薄春衫。
柳岸闲试马，烟津戏棹帆。
猿形拼射鹘，虎势习攀岩。
疾急归城市，长河晓宿嵌。

春夜述怀

舞榭笙箫寂，楼台雁去空。
青纱眉月冷，玉尺凤笺红。
霓影双泓水，流萤几树枫。
悠悠离别意，戚戚与君同。

送　别

鸡鸣行远客，旧浦送归帆。
夜月山头宿，晨星岭上嵌。
寒霜侵华发，白露透春衫。
相顾伶仃惜，迟迟几语缄。

游钓台

客楫钓台东，寒枫夕照红。
苍苍云水隐，寂寂晚山空。
往事流波去，斯人杳鹤终。
悲哉沦屈贾，岂以辨圭桐。

红军过洮州

一望故洮州，空烟挟雨流。
红旗曾猎猎，墨册久悠悠。
龙战山河破，鸡鸣黎庶愁。
千门无瓦釜，卅载废农畴。
马列惊雷起，中华志士稠。
强声传画舫，阳旭照金瓯。
首举南昌郡，鏖兵湘赣丘。
长征擎火炬，急难抗雠仇。
草地狂澜挽，川西正道谋。
朝晖弥古镇，赤帜映街楼。
会议开隍庙，蓝图绘壮猷。
颂由饥者口，怒发苦儿头。
僻壤乾坤异，穷乡日月浮。
贫民权霸主，子弟勇兜鍪。
念念亲人去，哀哀我思惆。
精神从此继，取义不言休。

【五绝】

元帅吟十首

朱　德

猎猎战旗风，南昌志士雄。
元戎开国事，首义玉阶公。

彭德怀

立马横刀处，西酋气色昏。
乾坤千古望，岿伟一昆仑。

叶剑英

草地明危局，回澜佐邓公。
吕端何足誉，大事见英风。

贺　龙

义气震沅湘，风云会豫章。
菜刀生冷锷，天地试神芒。

陈　毅

淮海将英雄，虚怀儒帅风。
三章梅岭咏，生死见贞忠。

刘伯承

从戎志拯民，护国号军神。
挺进中原日，何曾一惜身?

徐向前

文韬建业勋，武略动风云。
老帅魂归日，犹思西路军。

聂荣臻

长缨万里红，儒将勇前功。
两弹惊雷日，开怀笑大风。

罗荣桓

英师胆气雄，十万出关东。
练就貔貅旅，军心赖政工。

林　彪

用兵千出计，忠悫一心非。
折戟沉沙日，孤魂何处归？

联赋

联语临潭乡镇

城　关

观西凤晚霞，宜怀深远，见霭霭归云似练，故国千秋。问谁担道义双肩，对长烟落照，浮光掠影，拈霜叶一枝，指点江山成画里？

谒东明朝雨，试顾苍茫，欣盈盈浅草如茵，清风两袖。容尔抱布衣独任，携玉魄冰心，蕴壑藏丘，击疏钟几杵，激扬正气自胸中。

冶力关

盈冲法自然，念天高地迥，几多寒暑，几许风光？看青莲浴翠，赤壁流霞，黄捻涌涛，卧佛吞云吐月！且枕沧桑归一梦；

兴废由人事，追古往今来，何代主从，何时里巷？共冶峡凝霜，常池绘雪，妙华堆雾，生民惜水怜山。为留锦绣与千秋！

八　角

濯妆好借天然，趁苍冥烟雨时来，青莲浴出披流翠；

雕琢何须人力，看造化匠心独运，白石功成现妙华。

流　顺

数百年寨堡，筑者何人？曰刘顺刘贵，及若许无名。念忠臣赤子，自彼处来，徽耶，皖耶，湘耶，赣耶？可载取江南云水，岭表风烟，润泽边州草木？

几十里村居，往时谁首！如杨勇杨升，和诸多有志。思徙妇役夫，趋斯地驻，战也，耕也，化也，教也。应凝成陇右豪情，羌中英武，注添民族精神。

术　布

美哉斯地！以一丘一壑风流，呈四季无边好景。有云出岫，鸟投林，暑往秋来，莫如乐遇而忘返！

微也此身，随千月千江物化，对三生有限浮光。看谷更幽，山逾静，曲终人散，曷不委心乎去留？

新　城

故里春深，卷不尽帘云幕雨。看雾锁龙烽，烟堆兔石，凤山振翼，朵笋参天，一望腾蒙疑世外；

新城泽久，怀无涯楚客淮民。倡教明礼义，学盛诗文，金殿传钟，闾阎扑地，千秋形胜在人间。

洮　滨

秦岭西延，堆砌此危峰幽壑。造就迭山横雪，气象恢宏，九派青芜，一茫碧翠。于唐即蕃岷要道，陇右屏藩，称颂古今，英雄几许？故思前赴后驱，苦际可曾寻乐，对苍莽数湾林海，落日归禽，掠影浮光，望鸟去鸟来山色？

洮河东走，挥洒些暮雨朝云。化成寒水流珠，物华丰阜，百年村寨，千亩良坪。自明为内地襟喉，偏州锁钥，交通茶马，商旅何其！因念南行北往，忙中不妨乘闲，临参差两岸田家，竹帘风舍，轻涛缓浪，听人歌人哭水声！

王　旗

号彼铁城，试祝山川永固。念宋室经营，青羌再据，鬼章耀武，种谔奇兵，果然暮楚朝秦，仓皇客主。但看元坪上下，何曾留数尺余烽，半版残垣，空负英雄几辈；

适兹乡土，为祈福泽长流。欣王旗建置，古镇重兴，民巷通衢，洮河萦带，正值前原后岭，缓次桃梨。因思故堡昔今，幸得有三春杨柳，四围蔬麦，不亏黎庶千秋。

石　门

系一方地脉，踞四望高台，三秋紫气横金锁；

通九派江流，开千皴峻岭，万古清波涌石门。

羊　沙

还看无限风光，赏甘沟月，双河雨，小岭松，秋峪枫，兴寄烟霞为雅事；

宜做有情太守，知上堡艰，下寨难，东村困，西家苦，胸藏百姓是英流。

古　战

五十里山川，毓斯灵秀。雕妆就东峦起伏，南水蜿蜒，西岭纵横，北城浑廓。望不尽秋林霜叶，夏陌闲花，微雨平芜，流霞废堡。长烟夕日牛羊下，正是古时争战场，晋魏兵戈地。

数百年村落，驻此繁华。汇聚来金殿辉煌，朱门栉比，青栏阵列，绿树成荫。念何其学子优童，文章训谕，千人公仆，几仕黄堂。庶镇富民彩瑞升，皆因耕读传承志，序庠教化功。

羊　永

将士西来，三千里捷报传频。凭陇塞山河险势，故土遂宁循战守；

衣冠北徙，七百年文流泽远。以江淮礼义遗风，偏州因化习诗书。

卓　洛

八竜池缥缈仙风，月夜归时鸣玉佩；

三村邑辉煌庶业，春潮起处荡金声。

长　川

生于斯地，临古堡残烽，想戍客思家，一笛吹寒西岭月；

念彼故乡，祀忠臣烈士，为英灵守土，千秋望断北山云。

店　子

古谁行过，应念鸡声茅店，无眠问乡关几里？

今我适来，勉追鸿爪雪泥，有愧忘名士一人！

三　岔

古道接洮岷，望处高楼迷旧戍。宜溯往思今，应有无涯过客，瞻四郎庙，视仁美坟，会意其中，细说忠奸教后辈；

青山横久远，行来黑岭憩乔松。且帷天席地，更欣满目黄花，咏少陵诗，吟太白赋，忘形身外，聊追风雅慕先贤。

乐斯赋

夫天地大美，其曰自然，元气周流，万物化焉，常毓秀于林泽，每钟灵于山川。

斯地东极莲峰，闲云舒卷，奇岩攒玉，莹若菡萏；西仰白石，岚烟升腾，碧水映照，浩渺连天。气藏丘壑，奇云叆叇，辉流赤壁，霞光潋滟。澄明万顷，莫过冶海之深，苍翠十里，无复八角之秀。有危岩幽壑，冷溪清涟，山灵居焉，蛟龙生焉，林木茂兮芳草丰，麋鹿游而雉鸡舞。

若夫云起白石，烟霭腾涌，苍茫迷蒙，风清雨润。雾挂林际，露滴叶梢，流飞瀑悬，跳珠倒溅。溪吟汩没之韵，河流激荡之波。于斯时也，宜蓑衣箬笠，临风观雨，见山痕一线，起伏其间，坠丝万缕，飘洒前滩。浑若六朝雨云，不逊五湖风烟。思前事之即往，期来者之可追，吟哦已矣，了然于胸。其乐如斯！

至若爽来莲峰，气朗云霁，晴空一洗，透澈千里。九派青芜，四围苍翠；十里花谷，七彩炫迷。花艳青青之野，蝶舞灿灿之地。于斯游也，览目四顾，见果木扶疏，翠微深闭，几处村落，参差人居，绿树掩映其间，炊烟飘渺其庐，田妇野叟，怡然自足。可倚清风之亭，赏国色之姝，饮山泉之酿，食鹿角之蔬。其乐至矣！

而或皓月中天，垂影挂壁，上下莹澈，四顾空灵，白石山沐银辉，冶海池泛明波。棹一叶逍遥乎其上，击空明而溯流光；携数友流连于湖中，垂丝纶而钓潭星。对月啸傲，把酒临风，诵明月之诗，歌窈窕之章。思山人之已逝兮，听野鹤之幽怨；欣佳客之即还兮，且乐游而忘形乎其间！

子曰：“智者乐水，仁者乐山。”山水之乐，斯智者乐其智，仁者乐其仁也！

长川赋

其名也长川，实则万壑纵横，却非千里川塬。地势东构西连，峨峨伏脉；山形南瞻北顾，巍巍枢关。踞洮州之脊，处临潭之巅，北接牧野，南列冈田。兹兹人民，和乐且闲，敦睦县邻，谐荣藏汉。人文胜迹，曾载史篇，山河秀色，亦足大观。

试登黑沙之山，极目远眺：南见迭嶂突起，石门云流，千秋卷舒，古意悠悠。北望旷原盈视，天朗气清，芳甸为被，露骨为屏。近揽万顷碧波，麦青苗秀，十里黄花，丰壤沃畴。再借藏乡林海，赏其万壑松风，充耳振振，入眼溶溶。露梅悦目，芳草萋萋，鸣禽低飞，牛羊适意。况有废烽夕辉，掩映山光流霞，几度沧桑，何许岁华？古堡岿影，接连炊烟人家，百代更兴，千秋无涯。其美景也如斯！

且观生民之地，阅其俗化：二溪潺潺，南入洮河，山列梯田，塬错阡陌。村落邻比，屋舍井然，村妇村姑，往来其间。观其衣饰，惊为江南钗裙，听其乡音，竟是淮水流韵。金簪灿光，凤衔三枝，垂步摇摇，低压螺髻；银鬓霜华，榴结百子，贴面切切，偏坠青丝。凤头绣鞋，青衫染西湖月魂；苫发素巾，冠饰留徙民遗痕。锵锵锣鼓，时近春社，彩旗旋舞双龙，戏台竞唱秦声。皇皇高庙，常镇故村，大明曾称英烈，千秋享祀龙神。入秋浆麦，纤索磨盘，堪比翡翠堆盆；五月新杨，婆娑户楣，恰似碧玉掩门。其良俗也若此！

呜呼！天地其德，山川竞芳，生民不息，源远流长。知效一官，行比一乡，爱吾桑梓，携吾乡党。不负国恩，共谱华章！

长川学校赋

少而乐学之士，自古有材；幼即普教之举，于今为盛。古谨庠序之教，申孝悌之义；今兴义务之学，培栋梁之基。中华文明，皇皇万载，皆因生民不息，教学不止也！

故而校兴长川，肇启百年；地望辐辏，文脉久延。立德树人，每钟灵而毓秀；学届九级，为发蒙而启智。因材施教，业绩斐然，数度折桂，亦连三元。皆因治校有方，教学合节；师也勤教，生也苦学。夙兴夜寐，春华秋实，教学相长，蔚然相习也。观其楼舍栉比，校园焕然；长幼有序，师生俨然。道传之，业受之，金声之，玉振之。弘爱国之心，立四海之志，尽庠序之义，古来未之有也！

且看东晖始曚，晨露犹寒；学子兴焉，晨练应焉。拳拳然效祖刘之壮志，荡荡乎慕宗悫之长风。或而风声淅淅，雨声沥沥；钟声锵锵，书声琅琅。训也谆谆，如沐春风；答焉确确，若鸣雏凤。闻斯声也，凛凛然生家国之念，浩浩乎涌担当之气。至于秋月皎洁，辉映窗前；案头累尺，细阅未遍。非止劳神而劳力，若此累月而累年！幸桃李满园，烁烁其华；杏坛流芳，赞誉无涯。伟哉先忧而后乐，壮哉为师而忘家。

赞曰：兴教兴学，时风浩荡；求真求实，新苗茁壮；至诚至笃，师德绵长；为国为民，其道大光。

羊永镇赋

羊永古镇，史承千秋，胜迹足称大观，文明永续源流。肇之上古，讫自秦汉，先民或牧猎山泽，或耕织洮畔，亦久远哉！一至周隋经营，唐宋争战，数遭兵燹而绍续，久创俗化以灿烂。诸事或见史册，或逸风谈，而生民不息，至今昌延！观羊永山也崔嵬，峨峨云天，水亦蜿蜒，潺潺村畔。依水傍山，人家众焉！错汇蹊径，层列梯田。祥烟袅袅，声闻鸡犬，生生百代，何止千年！

羊永之名，本杨荣哉！源明初一统，政化北来，距城东陇，置守西塞，分军戍而筑百堡，怀远民以实千寨，诗书卫学，耕屯饬备。时羊永官道纵横，民居星罗，川横十里沃畴，冈踞千年村落。曰太平业路，互翼寨堡；白土庄子，混连阡陌。覆草青青，拉布故村，转水悠悠，孙家老磨。至于羊永、李岗，实其戍将名号，后世渐演衍为地名焉！

羊永之昔，气候阴寒，冬长夏促，霜重雾凉。五月新柳，始露鹅黄，八月北风，已扫原荒。春去畏冰，夏至困雪，昼着棉袄，夜眠火炕。麦豆难熟，雹灾连连，其生民也，实为辛艰！

欣逢盛世，东风浩荡，乡村振兴，繁华入望。门迎春晖，户盈罗绮，诸行乐业，百姓欢喜。行列玉带，田亩粼粼，茁长新苗，药材离离。货流南北，客来东西，商铺栉比，亮居参差。遂成两县三镇之枢纽，四路八乡之通衢。故而财丰物阜，岁安民康，和谐生态，美丽村庄。环境整洁，人心昂扬，齐颂国恩，泽远流长。观羊永哉，自此为欣欣向荣之故乡！

后　记

多年前曾有《我的学、习与读之道》一文，大意是做一“读者”，读书、读人、读世，此生足矣！况性情偏好史学，所读之书又杂而无章，不成体系。于诗词之道，仅读过、记过一些而已。虽一时兴起，拼凑几句，也是无韵无律，即成即弃，于唐宋汪洋之面前，从未敢有印成文字之想法。

后因一偶然因缘，得老友指点，始得入格律之门，曲径通幽，兴致渐浓。继而同诸友共发起洮州诗词楹联学会，陆续在聚会时、学会公众号上完成“作业”之际，不觉也浸淫于其中了。不过此种所好，有利于己，不烦于人，写作也就渐成习惯，所以也积累了一些。鱼目繁多，明珠鲜见，如此而已！

至于结集出版之事，虽明知有自惭大方之悔，然难拂各界谆谆之意！故勉强收录成一辑，自知愚钝，思摩诃崖之故事，名曰《煮石集》。自知本书付梓，受巨惠于中国作协和作家出版社，崔沁峰老师和敏奇才老师更是给予了莫大的关心和支持，在此一并致以最诚挚的谢意！

以为记。

胡憬新于壬寅春日

图书在版编目（CIP）数据

煮石集 / 胡憬新著. -- 北京：作家出版社，2023. 1
ISBN 978-7-5212-2093-3

Ⅰ. ①煮… Ⅱ. ①胡… Ⅲ. ①诗词 - 作品集 - 中国 - 当代 Ⅳ. ①I227

中国版本图书馆CIP数据核字（2022）第204103号

煮石集

作　　者： 胡憬新
责任编辑： 李宏伟　秦　悦
装帧设计： 薛　怡
出版发行： 作家出版社有限公司
社　　址： 北京农展馆南里10号　　**邮　　编：** 100125
电话传真： 86-10-65067186（发行中心及邮购部）
86-10-65004079（总编室）
E-mail:zuojia@zuojia.net.cn
http://www.zuojiachubanshe.com
印　　刷： 河北京平诚乾印刷有限公司
成品尺寸： 152×230
字　　数： 199千
印　　张： 21.125
版　　次： 2023年1月第1版
印　　次： 2023年1月第1次印刷
ISBN　978-7-5212-2093-3
定　　价： 65. 00元
